KB201850

어느 날
거울 속
나에게
자아가
생겼다

혜빈

당 신 은

거 울 과

대 화 하 고

있 나 요

어느 날, 거울 속 나에게 자아가 생겼다

Copyright 2024. 모나 Monah (혜빈)

Published on 2024. 12. 28.

펴낸이 길혜빈

연락처 movonwriter@gmail.com

차 례

거울이

움   직

였   다

분명 보았다. 거울이 움직였다. 틀림없는 사실이었다.

동트기 전 아침은 살을 애일 듯이 차갑다. 이불을 박차고 나온 찰나의 몇 분, 늦겨울 한복판에 내던져진 알몸이 된다. 사시나무처럼 파들거리며 화장실 거울 앞에 선다. 저편의 나도 이편의 나처럼 몸을 으스스 떨며 손을 비빈다. 수돗물을 켠다. 손을 대기 싫을 정도로 시린 온도가 얼룩진 세라믹을 타고 흐른다. 칫솔을 집어 든다. 쏴아아. 쏟아지는 물에 칫솔을 밀어 넣는다. 칫솔이 나 대신 아침의 뭇매를 맞는다. 곧 나의 입 안으로 들어가 구역질 나는 냄새도 대신 맡을 것이다.

그렇게 이를 닦는다. 멍한 눈으로 손을 앞뒤로 움직이며 아침의 안개를 머릿속에서 밀어낸다. 아침 안개에는 몽환적인 신비로움과 불유쾌한 게으름이 동시에 배어 있다. 같은 장소와 시간에서 미적거리고 싶다는 바람과 그 마음을 통째로 걷어내야 한다는 의무감이 정면으로 충돌한다. 이미 칫솔을 입에 물었으니 갈등은 곧 허무하게 끝날 것이다. 뭉게구름처럼 피어난 거품을 뱉으며, 내면의 요란함을 매듭짓는다.

아침에 이를 닦는 건 그래서 좋다. 양치는 치아의 건강을 위해서만 필요한 일이 아니다. 아침마다 들불처럼 일어나는 내면의 전투력을 잠재우기에도 제격이다. 또 한 번 시작된 하루와 어떻게든 싸워 볼 요량으로 꿈틀대는, 반항심 충만한 또 다른 나를 해치워버리기에는 양치만 한 것이 없다.

입을 부시고 거울을 본다. 새로운 하루가 시작된 후 처음으로 마주한 거울이다. 거울 속 나는 여느 때처럼 초췌하다. 코를 훌쩍인다. 한 차례 휘몰아친 아침 한파의 부작용이다. 코를 쿵쿵대며 거울 속 나와 눈을 마주한다. 보잘것없는 녀석. 생각하며 실없는 미소를 짓는다.

적어도 난 그랬다. 난 웃고 있었다.

하지만 거울 속 나에게는 표정 변화가 없다. 그가 침을 삼킨다. 뒤따라 나도 침을 삼킨다. 우리의 행동에 시차가 발생했다. 그건 있을 수 없는 일이다. 거울과 나 사이에는 어떠한 간격도 있을 수 없다.

손을 들어 머리를 쓸어 넘긴다. 이번에는 상대도 나와 같이 움직인다. 순간적인 착각일까. 아니면 잠깐의 신기루였을까.

생각을 멈춘다. 의도적으로 중지한다. 물을 틀어버린다. 얼굴을 씻기 위함이다. 눈을 감는다. 비누 거품을 평소보다 더 많이 낸다. 차마 눈을 뜰 수 없을 때까지 얼굴을 벅벅 문지른다. 거품을 씻어내고 싶지 않다는 충동이 일지만, 두 손은 기계적으로 움직인다. 얼굴에 물을 흩뿌린다. 눈주름 사이로 물방울이 고인다. 물에 젖은 눈으로 수건을 찾아 더듬거린다. 마른 수건으로 얼굴을 대강 닦는다. 곧바로 화장실을 빠져나가려 하지만, 습관은 다짐보다 무섭다.

다시 거울 앞이다. 파리한 얼굴로 또 다른 나를 마주한다. 자꾸만 그가 의심스럽다. 내가 내가 아닌 듯 수상하다. 거울 속의 그는 본체에서 외따로 떨어진 부속품처럼 호젓하다. 그에게 가만히 다가간다. 어깨를 앞으로 기울여 목을 내민다. 턱을 들어 인사한다. 마치 그의 아침은 어땠는지 묻기라도 하는 것처럼.

그리고. 나는 본다. 거울 속 나의 얼굴이 순식간에 일그러지는 모습을. 두 눈동자가 순식간에 선뜩선뜩 부풀어 오르기 시작한다. 다급한 경고음. 그는 곧 두 눈을 허옇게 뒤집으며 주저앉는다. 힘없이 뒤로 눕는다. 그대로 고꾸라지고 만다.

이로써 모든 게 분명해졌다. 나는 보았다. 거울이 움직였다. 분명 틀림없는 사실이었다. 그건 꿈결의 허상이 될 수 없다. 거울 속 그와 달리, 나는 여전히 이렇게 두 다리로 버티며 서 있지 않은가.

시끄러운 아침

으아아아아아아악!

거울이 깨어났다. 깨자마자 발작한다. 벌써 몇 분 째 저 지랄 중이다.

시끄러워 미치겠다.

공포에 가득 찬 나를 보는 건 퍽 괴롭다. 무언가에 압도당한 나의 모습은 끔찍하리만치 추하다. 모든 근육에 날을 세우며 두려움에 휘감긴 그를 앞에 두고서, 나는 공포를 표현해야 한다는 의지마저 사라져 버렸다. 그는 내가 정당히 느껴야 할 감정까지도 습자지처럼 빨아들였다. 그래서 나는 다만 서 있다. 아무 반응도, 행동도 하지 않은 채, 끝나지 않을 것 같은 저 인간의 사이렌이 지치기만을 기다린다.

나는 지금 대체 무엇을 해야 할까. 구급차라도 불러야 할까. 이편에서 119를 부르면 구조대원들은 무얼 할 수 있을까. 저편으로 넘어갈 수는 있을까. 만약 그럴 수 없다면, 나와 별반 다르지 않은 무기력한 모습으로 거울 이편에 서서 저편의 내가 숨을 헐떡이는 모습만 멍하니 지켜볼 수밖에 없다면. 결국 아무도 그를 돕지 못해 이 세상에 나만 홀로 남게 된다면. 그렇게 거울에 비친 상을 상실한 인간이 되어

버린다면.

난 그 현실을 견딜 수 있을까.

모골이 송연해지며 등에서 식은땀이 흐른다. 바싹 마른 땀이다. 피부에 달라붙어 엉금엉금 기어가는, 가루 같은 땀. 온몸이 경직된 채로 그를 본다. 이 상황을 어떻게든 해결하기 위해 갖가지 생각을 끄집어낸다. 도저히 답을 찾을 수가 없다.

순간, 고래고래 악을 쓰던 그가 벌떡 일어나 나에게로 달려온다. 순식간에 날아와 거울에 이마를 치받는다. 시퍼런 눈으로 사납게 노려본다. 뒤로 한걸음 주춤 물러난다. 호흡이 가빠온다. 이제 내가 사이렌을 울릴 차례인가.

"내가 너 죽여버릴 거야. 감히 내 인생에 침범해 들어와?"

거울에 바싹 붙어 그르렁거리던 그는, 갑자기 몸을 돌려 화장실 밖으로 달려 나간다. 다급한 발걸음이다. 도망치는 것은 아니다. 그는 되돌아올 것이다. 엉덩이가 휘청이는 모양새만 봐도 알 수 있다. 어떤 묘수가 생각난 것이다. 틀림없이.

그가 손에 무언가를 들고 들어온다. 둥글고 납작한 초록색 물체. 케케묵은 청테이프다. 찌익. 찌이익. 찌이이이이이익. 그가 청테이프를 풀어 거울 위편부터 사선으로 붙여 내려간다. 이게 대체 뭐 하는 짓인가. 묻고 싶지만 참는다.

거울 위로 초록이 차지하는 비율이 빠르게 늘어난다. 그는 내게 겁을 먹은 만큼 속력을 낸다. 질척거리는 접착제를 유리에 펴 바르고는 주욱 찢는다. 찌익, 찌이익. 신경질적인 테이프 소리가 귓가를 긁는다. 변기와 세면대를 밟고 끙끙 올라서더니 세로로 또 한 번 주욱 테이프를 길게 늘어트린다. 거울 틈으로 눈이 마주치자 '어쩌라고'하는 투로 표정을 번득이며 휘갈긴다. 그와 맞부딪쳤던 눈동자를 반대편으로 돌린다.

그렇게 옮겨간 시선, 그의 뒤편으로 누워있는 망치가 보인다. 화장실 입구에 아무렇게나 내팽개쳐진 묵직한 철 덩어리. 대체 저걸로 무얼 하려던 걸까.

속도를 내던 테이프 소리가 급작스레 멎는다. 고개를 들어 그를 본다. 그는 나를 내려다보고 있다. 에라이. 겁은 많으면서 눈치는 빠른 인간.

그는 내가 망치를 보았다는 사실을 알고, 나는 그가 내가 망치를 보았다는 것을 안다는 사실을 안다.

그는 나를 한 번 보고 망치를 한 번 본다.

나는 그를 한 번 보고 망치를 한 번 본다.

그가 망치를 향해 달린다.

나는 미친 듯이 뒷걸음질 친다.

탕! 타당.

힘 있는 울림. 미끄러지는 엇박자. 연약한 유리가 당장이라도 무너질 것처럼 흔들린다.

드르르륵. 쾅! 콰광. 드르르륵. 쾅. 콰광!

묵직한 철이 타일을 긁으며 다시 일어선다. 허공을 가르며 몇 번이고 날아든다. 그가 금방이라도 거울을 깨부수고서 내가 있는 곳으로 기어 올 것만 같다. 어느 공포영화의 한 장면처럼 맨손과 맨발로 유리 조각들을 자근자근 밟으며, 등등한 기세로 내 멱살을 잡아 내동댕이칠 것만 같다. 형용할 수 없는 공포가 엄습한다. 거울에 가해지는 타격이 강해질수록 긴급하게 숨을 헐떡인다.

저게 깨지면 어떻게 되는 거지?

우리 둘 중 누가 살아남을 수 있는 거지?

아니, 그보다. 우리 둘 중에 대체 누가 '진짜'인 거지?

진짜

거울

찾기

"아아아아악! 너 뭔데, 어? 너 뭐야?"

필사적이었던 생존의 소망이 무색해지는, 금 하나 가지 않은 깨끗한 거울. 그의 망치는 유리를 털끝 하나 건드리지 못했다. 온 힘을 다해 수없이 내리쳤는데도 거울은 여전히 티 없이 맑다. 그는 적잖이 당황한 모양새로 한참을 길길이 날뛰다 결국 망치를 내동댕이치고는 청테이프를 갈기갈기 찢어 거울에 덕지덕지 붙인다. 내게 분노한 만큼 그의 손길은 거세고 재빠르다. 온 거울이 청테이프로 뒤덮였지만, 그의 분노는 사그라들 줄을 모른다. 그를 볼 수는 없지만, 들을 수 있다. 들을 수 있기에 그릴 수 있다. 그는 좀처럼 잦아들지 못한다.

그리고. 그리고 찾아온 정적. 마침내. 간헐적으로 들리는 지친 숨소리. 뚜껑 덮은 변기 위로 내려앉는 발소리. 그는 완벽하게 탈진한 모양새다.

더 이상 아무 소리도 들리지 않는다. 그의 관심에서 처음으로 해방되었다고 느낀다. 밑도 끝도 없이 가해지던 살해 협박에서 마침내 풀려났다는 걸 깨닫는다. 나는 그제야 깊은 한숨을 뱉는다. 헉헉대며 몇 번이고 숨을 내뱉는다. 이

건 절망하는 헐떡임일까 안도하는 호흡일까. 나는 무엇을 절망하고 있는가. 혹은 무엇을 안도하고 있는가. 심장이 아프다. 폐가 저릿하다. 이건 나의 감각이다. 오직 나만의 감각이다. 정말 그럴까. 아니. 그래야만 한다.

다리에 힘이 풀려 그 자리에 주저앉는다. 타일 바닥에 엉덩방아를 찧는다. 꼬리뼈를 정면으로 부딪친다. 통증이 밀려온다. 우습게도 엉덩이가 아니다. 손바닥이다. 손바닥이 아프다. 꼬리뼈가 아니라 양손이 욱신거린다. 손을 들어 눈앞에 펼쳐본다. 양 손바닥이 벌겋게 달아오르고, 마디 마디가 하얗게 질려 있다. 안간힘을 써서 무언가를 잔뜩 그러쥐었던 손이다. 사용할 줄 모르는 도구를 애써 휘두른 듯한 무른 손이다. 예를 들어, 망치 같은.

고개를 든다. 주변을 확인한다. 몇 번을 확인해도 이편에는 망치가 없다. 건너편을 본다. 닫혀버린 초록색 벽을 응시한다. 곧 터질 듯한 부푼 두 손을 부여잡고 곰곰이 그를 생각한다. 별안간 깨닫는다. 잔뜩 부어오른 나의 두 손은 어쩌면 그의 손일지도 모른다. 나의 현재는 그의 과거에서 파생된 결과일지도 모른다.

"일단. 일단 우리 이성적으로 생각해 봅시다."

그를 부른다. 목소리가 화장실 벽을 타 넘으며 공허하게 공명한다. 세상에. 오늘이 시작되고 나서 처음으로 듣는 나의 목소리다. 외이도를 타고 흘러들어온 타인의 목소리가 아닌, 두개골을 진동하며 퍼지는 진짜 나의 목소리.

저편의 기척이 다급해진다. 타일 바닥에 직직 끌리는 슬리퍼 소리가 들린다. 그는 내가 언어를 구사할 줄 안다는 사실에 적잖이 당황한 모양이다.

"잠깐만. 소리 지르기 전에 일단 내 말부터 들어 봐요. 혹시 오른쪽 검지 두 번째 마디에 작은 생채기가 났어요?"

그는 답이 없다. 나는 계속 묻는다.

"나무 가시가 긁고 지나간 것 같이 아주 작고 까탈스러운 상처예요. 약지 세 번째 마디에도 혹이 하나 났어요. 아마도 물집이 잡힌 것 같네요. 그쪽은 어때요?"

답을 해 줘요. 이건 중요한 문제예요. 당신도 나와 같아요? 그래요?

"뭐야... 너.. 어떻게 아는 거야?"

의심이 덕지덕지 묻어나는 그의 목소리. 분명 손을 열심히 살피고 있으리라. 한쪽 눈을 모로 뜬 채로 보이지도 않는 나를 경계하면서.

"믿을지 모르겠지만, 우리는 같은 사람인 것 같아요."

"뭐라고?"

"같은 사람인 것 같다고요. 당신과 나. 내 두 손은 지금 화상을 입은 것처럼 쓰라리고 화끈거려요. 아마 당신도 그렇겠죠. 당신과 내가 같은 사람이 아니라면 어떻게 내가 이런 감각을 느낄 수 있겠어요? 어떻게 당신의 통증을 내 통증처럼 느낄 수 있겠냐고요. 우리는 같은 처지예요. 같은 상황을 겪는 동일한 존재라고요."

"웃기는 소리 마. 만약 네가 나와 같은 처지라면, 왜 아까 나처럼 펄쩍 뛰며 놀라지 않았지? 넌 눈 하나 깜박하지 않고 나를 지켜보기만 했어."

그가 거칠게 묻는다.

"당신이 나보다 더 놀랐으니까요. 둘 중 하나는 좀 진정할 필요가 있었어요. 하지만 겉으로 보이는 모습만 다를

뿐, 나도 적잖이 놀랐어요. 당신이 망치를 먼저 집어 들지 않았다면 내가 그랬을 거예요."

"아니야. 넌 날 보고 웃었어. 내가 똑똑하게 기억해. 무서웠다면 어떻게 웃을 수 있었겠어?"

"어색하고 당황스러워서 그런 거예요. 당신도 알잖아요. 우리는 어색하면 일단 웃는 버릇이 있는 거. 뭐든 일단 덮어보려고 애쓰는 사람이라는 거."

"우리라고 부르지 마. 함부로 나랑 너를 묶지 마. 징그러우니까."

하지만 말뿐이다. 그의 목소리는 아까와 달리 많이 누그러져 있다. 그는 얼마간 더 서성인다. 이 상황을 감당하지 못하겠다는 듯 머리를 헝클어트리며 힘겹게 숨을 몰아쉰다. 그러다. 그러다.

손가락을 타고 붉은 피가 흐른다. 왼쪽 검지 손톱 옆의 살이 힘없이 뜯어진다. 좁은 틈 사이로 피가 배어 나온다.

"뭐 하는 짓이에요!"

항의한다. 하지만 그는 태연하게 묻는다.

"몇 번째 손가락이야?"

"장난해요, 지금? 왜 멀쩡한 살점은 뜯어내고 난리예요? 그것도 가장 아픈 곳을!"

"몇 번째 손가락이냐니까?"

"왼쪽 검지요, 왼쪽 검지! 어제 잔뜩 뜯어냈던 바로 그곳! 뜯은 데 또 뜯어서 아파 죽겠잖아요!"

말라비틀어진 살갗을 부여잡고 성을 낸다. 그러나 그는 아무런 대꾸도 없다. 이윽고 분을 이기지 못하는 악성이 들려 온다. 한참을 그르렁대던 그가 내던지듯 쏘아붙인다.

"치가 떨려. 내가 너랑 같은 사람이라는 게."

그가 양손으로 눈을 벅벅 긁는다. 녹슨 쇠를 긁는 텁텁한 소리가 거울을 타고 새어 나온다. 연이어 불어닥친 혼란을 제대로 소화하기 어려운 듯 그의 뇌가 힘겹게 신음한다. 두통은 금세 내게도 전해진다. 그의 두통은 어느새 나의 두통이 된다. 그의 난제 또한 나의 난제가 된다. 나는 거울 너머의 그처럼 욱신거리는 왼쪽 관자놀이를 지그시 내리누른다. 우리는 동시에 고민을 내뱉는다.

"우리 중 대체 누가 진짜인 거지?"

"둘 중에 대체 누가 진짜인 거죠?"

함께 멈칫한다. 같은 사람이라는 사실이 우습게 티가 난다. 헛웃음을 짓는다. 소리 내어 말하지 않았지만, 지금 머릿속에 떠올리는 생각까지 완벽하게 같을 것이다. 둘 중 누구 하나가 사라져야 한다면 그건 거울 너머의 당신이어야 한다. 이편의 나는 절대 당신을 위해 희생되지 않을 테다. 우리는 이런 상황에서조차도 서로를 살쾡이처럼 살핀다. 그가 나임을 알면서도 서로에게 총구를 겨눈다.

오늘 아침, 나의 거울은 어긋났다. 어긋난 거울에는 시차가 발생한다. 시차가 사라지려면 비뚤어진 거울을 바로잡아야 한다. 거울이 기울어진 원인을 알아야 한다. 하지만 우리에겐 그보다 더 중요한 사실이 있다. 누가 진짜인지를 가려내는 것. 거울의 난제 끝에 누가 살아남을 수 있는지를 파악하는 것. 결국 둘 중 하나가 사라질 수밖에 없는 혹독한 운명 앞에서, 거울을 바로 세우려는 노력보다, 망가질 대로 망가진 이 상황을 돌이킬 계획보다, 더 긴급한 사안은 누가 진짜인지를 알아내는 것이다. 이건 절대 이기적인 궁

금증일 수 없다. 누구든 나와 같은 상황에 처한다면 자연스
레 같은 고민을 하게 될 것이므로.

그때, 휴대폰 알림음이 울린다. 오늘 있을 성대한 행사를
친절하게 상기시켜 주는 알람. 휴대폰을 집어 드는 그의 소
리가 들린다. 나도 그와 똑같은 모습으로 메시지를 확인하
고 있다.

'지호 결혼식, 11시까지.'

휴대폰의 글자를 보자마자 불현듯 현실로 되돌아온다.
그에게 정신을 빼앗겨 오늘을 잊고 있었다. 연차까지 내고
서 분주한 아침을 맞았던 이유를. 온갖 쇼핑몰을 뒤져 값
비싼 옷과 신발, 장신구를 구매해야만 했던 이유를, 완전히
잊고 있었다.

"큰일이에요. 늦었어요. 지금 출발해도 10분 늦게 도착할
거예요."

나는 휴대폰을 보며 다급하게 말한다.

"뭐야. 가려고? 지금 이 상황에서?"

그가 어이없다는 듯이 묻는다.

"그럼 안 갈 거예요?"

내가 되묻는다. 그는 말이 없다.

"안 갈 거냐고요."

또 한 번 묻는다. 나의 말끝에는 어느새 날이 서 있다.

"가지 않을 거야."

그가 짧게 답한다. 거울을 응시한다. 촌스러운 초록 테이프가 덕지덕지 붙어 있는 더러운 유리를 노려본다. 진실한 척하는 그가 아니꼽고 역겹다.

"좋아요. 마음대로 해요."

내가 응수한다.

"정말 가려고? 나 없이?"

"상관없어요."

화장실에서 나가기 위해 슬리퍼를 끌고 문가로 향한다. 발에 끼고 있던 슬리퍼를 밀어내자, 싸구려 플라스틱 위에 고여 있던 몇 방울의 물이 발등을 타고 흐른다. 발가락 사이로 흘러 들어간 물방울을 짜증스럽게 털어낸다.

"내가 없으면 거울에 아무런 상도 맺히지 않을 거야. 네가 이 세상에 존재한다는 사실을 증명할 방법이 없어질 거라고. 그래도 갈 거야? 정말 그래도?"

허공에서 흔들리던 발이 멈춘다. 살집이 두둑한 종아리가 천천히 하강한다. 발바닥으로 차가운 타일을 지그시 밟는다.

"갈 거예요."

지금 그는 어떤 표정일까. 고매한 척하는 내가 역겨울까?

"좋아. 마음대로 해. 하지만 난 가지 않을 거야. 분명히 말했어."

그건 그의 마지막 엄포다.

"저녁때 만나요."

나는 한쪽 슬리퍼를 벗고, 다른 쪽 슬리퍼마저 벗어 던진다. 화장실 불마저 꺼 버리고서 그곳을 박차고 나온다. 오늘 아침 우리의 거울은 어긋났다. 하지만 애석하게도 난 이 거대한 틈을 수선할 마음이 없다. 적어도 지금 당장은.

전 쟁 의

서 막 을

알 리 는

북 소 리

"아직 있어요?"

차디찬 공기를 가르며 목소리가 메아리친다. 미라의 내 피 같은 테이프는 여전히 거울을 흉측하게 감싸고 있다. 플라스틱 슬리퍼에 발을 대충 얹고서 뒤축을 질질 끌며 세면대로 향한다. 거울 저편은 어둡다. 인기척조차 보이지 않는다. 유리 프레임 안에는 한기 서린 침묵만이 감돌고 있다.

덕지덕지 붙은 테이프로 얼굴을 가까이 가져간다. 울타리 뒤에 숨어서 염탐하는 사람처럼 실눈을 뜨고 초록색 벽에 난 실금들을 살핀다. 눈가 주름이 파르르 떨린다. 눈두덩이에 그득한 살이 맞부딪치며 시야를 가린다. 초점이 맞지 않아 눈앞이 흐리멍덩하다. 눈을 감았다 뜬다. 여전히 청테이프의 허연 잔주름 외에는 보이는 것이 없다.

그는 어디로 갔을까. 나를 놔두고. 나만 놔두고.

한 평도 안 되는 화장실이 광활하게 느껴진다. 하루종일 골칫덩이였는데, 속이 메슥거릴 정도로 께름직했었는데. 막상 그가 보이지 않으니 온 사방이 칠흑같이 암담하다. 고작 거울 하나 어두워진 것뿐인데, 검게 변한 반쪽짜리 유리일 뿐인데.

주먹을 쥔 손을 유리 위에 얹는다. 가볍게 두드린다. 낯선 이의 대문을 노크하듯, 최대한 예의를 차려 그를 부른다.

"이제 왔어?"

방금 잠에서 깬 것 같은 쉰 목소리가 유리 벽 너머로 들려 온다.

반갑다. 왜 반갑지?

"내내 집에 있었던 거예요?"

내가 묻는다.

"딱히 할 일이 있던 것도 아니어서."

그가 멋쩍은 듯 답한다.

"결국 좀 늦었어요."

나는 수도꼭지를 만지작거린다.

"그래? 난처했겠네."

그의 답변. 어쩐지 위안이 된다. 내가 꼭 듣고 싶었던 말이다. 몇 시간 전까지 살해 협박을 남발하던 또 다른 나에게서 받는 위로라니, 기분이 묘하다.

"화장실 벽이 무너져 내렸다고 그랬어요."

"화장실 벽?"

"늦은 이유요. 낡은 화장실 벽이 뒤틀리는 바람에 벽에 붙은 타일이 전부 엉망진창으로 무너져 내렸고, 그 여파로 문이 잠겨서 한 시간가량 문이랑 씨름하다가 겨우 빠져나 왔다고 했죠. 그래서 어쩔 수 없이 늦었다고요."

거울 너머의 그가 쿡쿡 웃는다. 나도 연하게 미소 짓는다.

"사람들이 그 말을 믿어?"

"믿지 않으면요?"

그가 킥킥댄다.

"걱정은 해 주던? 결혼식 주인공은 걱정해 줬을 거 같은 데. 타일 관련 문제였다면."

그가 묻는다. 약간 기대하는 목소리다.

"뭐, 그렇죠. 아무래도 타일이니까. 하지만 지호와는 오래 얘기하지 못했어요. 늦게 갔으니까. 그보다는 다른 사람들 과 더 많은 이야기를 나눴죠. 다들 으레 하는 인사치레를 건 네더군요. 아유, 어떻게 하냐. 집주인한테는 말했냐. 이참에 이사라도 가야겠다. 그런 집에서는 사는 거 아니다. 등등."

"그 사람들, 당신이 지금 어디 사는지 알고는 있는 거지?"

"글쎄요. 저번 달에 이사 온 것도 모를걸요."

우리는 동시에 피식 웃는다. 사람들이란.

"잘 아는 타일 수리공이라도 추천해 줬으면 좋았을 텐데."

"글쎄요. 오히려 그렇게 도움을 받았다면 부담스러워서
몸 둘 바를 몰랐을걸요. 도움을 받았으면 그에 상응하는 무
언가를 해 주어야 할 텐데. 난 자신 있게 추천해 줄 무언가
가 하나도 없거든요. 안타깝게도."

"왜 없어. 맛있는 초콜릿 컬렉션이 있잖아."

"아, 그 슈퍼마켓 떨이 세일 컬렉션?"

"매번 두리번거리면서 찾는 그거."

"그런 걸 어떻게 추천해 줘요. 맛이 좋아서 사는 건 아니
에요. 슈퍼 마감 때 가면 매번 30프로 세일하고 있으니까
덥석 집는 거지."

"하지만 줄지어 서 있는 커다란 봉투 중 뭐가 맛있는 건

지, 뭐가 맛없는 건지를 정확히 구분할 수 있잖아."

"싸구려라고 해도 다 같은 싸구려는 아니니까."

우리는 마지막 문장을 동시에 내뱉으며 웃음을 터트린다.

"하지만 그런 걸 추천해 주면 단번에 욕먹을걸요. 아니면 동정의 눈길을 받거나."

"요즘은 그렇지도 않아. 경기가 얼마나 어려워졌는데. 의외로 그런 정보를 기다릴지도 모른다고. 누군가는."

"그래요, 좋아하겠죠. 누군가는."

하지만 동정의 눈길은 여전할걸요? 아니면 동료를 발견한 얼굴이거나. 뭐가 됐든 난 싫네요. 그렇게 읊조린다.

"예민한 답변이네."

그의 말에 고개를 든다.

"예민하지 않을 수가 없는 날이잖아요."

내가 얼버무리듯 답한다.

타일 바닥과 부딪치는 플라스틱 마찰음이 들린다. 그가 슬리퍼를 대충 구겨 신는 소리다. 곧이어 그의 화장실에 불이 들어온다. 거울이 한순간에 환해진다.

"결혼식, 어땠는지 궁금하지 않아요?"

다가오는 그의 발소리에 대고 묻는다.

"딱히 별생각 없었지만, 막상 질문을 들으니 궁금해지네. 어땠어?"

그는 뚜껑이 덮인 변기 위에 주저앉았다. 문득 그의 허벅다리가 시리지 않을지 걱정된다. 화장실의 밤은 이불에서 막 빠져나온 아침만큼 싸늘하다. 그가 두툼한 실내복을 입었을까. 만약 아니라면 방에서 의자라도 하나 가져오면 좋을 텐데.

나는 대체 이런 걱정을 왜 하는 걸까.

"좋았어요. 유쾌했죠. 신랑과 신부가 가장 행복해 보이더 군요."

"좋네. 주인공이 기쁜 게 제일 중요하지. 음식은 뭐가 나왔어?"

"웨딩홀 결혼식이 다 똑같죠, 뭐."

"뷔페?"

"스테이크요."

"아, 스테이크. 와인은?"

"테이블마다 한 병씩."

"겨우 한 병?"

"시간이 짧아서 그 이상 먹을 시간도 안 되겠던데요?"

나는 얼마간 더 결혼식 풍경을 서술한다. 가상의 공간에 웨딩홀을 스케치한 후 그를 초청한다. 하얀색 실크 커튼이 드리워진 웅장한 버진로드, 순백의 길옆으로 펼쳐지던 반사광 없는 대리석 바닥. 검은 대리석을 폴카 도트처럼 수놓았던 동그란 테이블들, 테이블을 에워싸고 앉아 있던 사람들. 사람 수만큼 놓인 하얀 식기들. 상 가운데 홀로 고고한 유리 화병과 화병마다 풍성했던 화려한 가든 로즈 꽃다발.

"참으로 이상적인 결혼식이군."

유리 뒤로 어른거리는 그의 검은 실루엣이 보인다. 세면대에 팔을 올린 채 한쪽 턱을 괴고 있다. 내 이야기에 푹 빠진 모습이다.

"친구에게 마음을 담아 축하를 보내 주었나?"

그가 묻는다. 나는 한 치의 망설임도 없이 답한다.

"뒤돌아 인사할 때 내가 가장 크게 박수 쳤을 거예요. 손바닥이 따가울 정도로."

"그 정도로 멋진 결혼식이었나 보네."

"그랬나 보죠. 그랬을 테죠."

나의 답변에 그가 문득 고개를 들어 이편을 돌아본다.

"쓸쓸해 보이네."

"아마도요."

"아마도요? 모호한 표현인데."

"신경 쓰지 마요. 시끌벅적한 파티가 끝나면 으레 몰려드는 공허함이에요."

검은 그림자가 나를 물끄러미 응시한다.

"혹시 결혼이 하고 싶었던 건 아니지? 뭐, 부러웠다거나."

"전혀요."

"그럼, 지난 시간을 되돌아보게 된 건가?"

"무슨 뜻이죠?"

"누군가의 통과의례를 보고 들으며 우리는 언제나 자신을 가늠하게 되지. 어릴 때부터 보던 아이가 대학에 입학한다거나, 군에 간다거나, 장성해 결혼이라도 하면, 우리는 으레 그에게서 나를 찾아. 벌써 저 아이만큼의 세월이 흘렀구나. 나도 그만큼의 시간을 지나왔겠구나, 하면서. 그리고 그 시간 속에 있던 나를 뒤적여. 내가 벗어놓은 허물을 헤집으며 그와 견줄 만한 것이 있는지를 찾게 되지.

하지만 과거를 되짚는 건 어색하고 서먹한 일이야. 지나온 시간 속의 나는 생각보다 낯설거든. 분명 나의 허물인데 처음 보는 듯 기이하고, 구역질이 날 만큼 흉측할 때도 있지. 그래서 우리는 자주 오만 가지 감정에 휩싸이게 돼."

거울 너머의 실루엣은 여전히 턱을 괸 채로 나를 본다.

"오늘 당신에게 찾아온 감정은 씁쓸함이네. 무엇이 당신을 씁쓸하게 만들었을까."

실루엣이 묻는다. 나는 대답 대신 그에게 말한다.

"당신에게는 신기한 재주가 있어요."

"어떤 재주?"

"아주 작은 것도 위대하게 만드는 재주."

"보통 그걸 말주변이라고 하지."

"아니요. 말을 잘하는 것과는 달라요."

당신에게는 내게 없는 무언가가 있어요.

혀끝까지 밀려 내려오는 그 말을, 나는 차마 소리 내어 말하지 못했다.

"그나저나 나는 오늘 결혼식에 못 갔네. 지호한테 미안해서 어쩌지."

그가 두 팔을 높이 올려 기지개를 켠다.

"축의금 보냈잖아요. 우리 둘이 같이."

내가 심드렁하게 답한다.

"축의금만 보냈나. 결혼 선물도 했잖아. 큰 걸로. 우리 둘이 같이."

"그럼 됐어요. 최소한의 성의는 보였으니까."

"시간은 늦었지만, 그래도 축하한다고 연락이라도 해야 할까?"

"굳이 연락을 왜 해요, 이 밤에. 그것도 신혼부부한테."

"그런가."

물을 켠다. 여태 미뤄두고 있던 손을 씻는다. 미지근한 물이 손등을 타고 흐른다. 축축하다. 비누 거품을 내어 손을 벅벅 닦는다. 손톱 밑까지 벅벅. 쏟아지는 물속에 손을 가두고서 거품을 밀어낸다. 벅벅. 또다시 벅벅. 손등에 손톱자국이 벌겋게 올라온다. 하지만 나는 물을 끄지 않는다. 그저 손을 끝없이 비벼댄다. 비누 거품이 말끔하게 씻겨 내려간 손을, 씻어내고 또 씻어낸다.

세찬 물줄기 사이로 그가 무어라 말을 건넨다. 내가 대답이 없자, 그가 가볍게 거울을 두드린다. 똑똑. 똑똑. 마치 다른 이의 방을 노크하듯 부드럽고 조심스럽다. 한껏 격식을 차린 손짓이지만, 나는 어쩐지 그의 격식이 거추장스럽게 느껴진다. 그래서 무시해 버린다. 물을 더 세게 틀어 그의 목소리를 지워버린다. 한참을 웅얼대던 그가 결국 단념하고 자리에 앉는다. 엉덩이의 온기로 조금은 데워진, 하지만 여전히 싸늘한 변기 뚜껑 위다.

물을 끈다. 손을 바지에 대강 닦는다. 얇은 실내복에 물이 스며들며 허벅지에 착 달라붙는다. 천 아래로 살구색 살갗이 비친다.

"오늘은 이만 자러 갈게요. 피곤한 하루였어요. 잘 자요."

상투적인 인사를 건네며 슬리퍼로 타일 바닥을 긁는다. 몇 걸음 되지 않는 거리를 움직이려고 매번 신을 신고 벗어야 한다니. 이보다 더 비효율적인 일은 없을 듯하다.

"정말 이대로 갈 거야? 정말로?"

발등에 대강 걸어 둔 슬리퍼 한 짝을 막 내던지려 할 때, 그가 묻는다. 나는 퍼뜩 고개를 든다.

들켰나?

순간 어찌해야 할 바를 모른다.

"자야죠. 밤인데."

최대한 자연스럽게 답한다.

"잠이 오겠어?"

"잠이 안 오겠어요? 난 누구랑 달리 온종일 돌아다녀서 피곤하다고요."

하지만 거울 너머의 사람은 침묵할 뿐이다. 그의 고요함에서 서서히 투명한 가시가 돋아난다.

"설마 내가 모를 거라 생각하는 건 아니지?"

차갑게 덧붙인다.

"내게 거짓말을 한다고 해서 현실이 바뀌지는 않아."

서릿발 같은 기운이 공기를 타고 전해진다.

"무슨 소리예요."

나는 최대한 태연하게 맞받아친다.

"내일 아침에 눈을 뜨면 오늘 하루가 다시 시작되지는 않는다고."

"그러니까 무슨 소.."

"너 결혼식 안 갔잖아."

발바닥이 불에 덴 듯 뜨거워진다. 열기는 천천히 발목을 타고 올라와 전신으로 퍼져 나간다. 귓불이 화끈거린다. 심장 소리가 규칙적으로 귓바퀴를 울린다. 전쟁의 서막을 알리는 북소리처럼 쿵 쿵 쿵 쿵 강렬하게 박동한다.

스스로에게 거짓말을 들키는 순간만큼 곤혹스러운 건 없다. 만약 그 '스스로'가 내게서 파생된, 독립된 인격체라면 더더욱.

"오후까지 내내 잠만 자다가 이제야 일어난 걸, 내가 모를 줄 알았어?"

나는 뒤로 돌아도 나고, 바로 서도 나다. 거울 속에 있어도 나고, 거울 너머에 있어도 나다. 그는 나를 속속들이 꿰뚫는다. 도무지 벗어날 수가 없다.

그는 곧 나이고, 나는 곧 그이기 때문에.

내 가

사 라 진

세 계

"왜 그런 거짓말을 해?"

한 치의 뭉그러짐도 없이 정확한 발음으로 전해지는 그의 육성.

머리가 멍하다. 답할 말을 찾지 못하겠다. 변명거리가 없어서는 아니다. 무수히 많은 말들이 줄지어 떠오른다. 그중에서 그럴듯해 보이는 것들을 골라 되는 대로 엮는다. 엉성하게 기워 놓은 말들을 정독한다. 아니다. 이런 말들로는 나를 속일 수 없다. 나는 나에게 있어 그 어떠한 검열관보다 치밀하고 엄격하다. 그는 나의 조그만 실수 하나까지도 전부 알아챌 것이다. 이런 어설픈 수작으로는 절대 그를 설득할 수 없다.

"미안해요."

답은 사과다. 솔직하게 부딪치자.

그가 한숨을 내쉰다. 양손으로 얼굴을 끌어안는다.

그러곤 흐느껴 운다.

"미안해요."

나는 다시 한번 사과한다. 들썩이는 그의 어깨를 다독이며 무어라 말이라도 건네야 할 것 같지만, 나는 그럴 자격이 없다. 그럴 능력도 없다.

우리는 물리적으로 단단한 장벽에 막혀 이어질 수 없다.

그는 얼마간 더 울었다. 나는 가만히 서서 그가 진정되기를 기다린다. 다행히 그는 오래 울지 않는다. 어떻게든 눈물을 삼키려고 애를 쓰며 진득한 침을 꿀떡꿀떡 삼킨다. 나는 그러지 않아도 된다고 말하고 싶었다. 북받치는 감정을 온통 쏟아내도 된다고, 그래도 괜찮다고 말하고 싶었다. 하지만 차마 그럴 수가 없었다. 만약 내가 그와 같은 상황이었더라도, 그와 똑같이 눈물을 멈추려고 애썼을 것이다. 우리는 제대로 우는 법을 알지 못한다. 울음은 어떻게든 끝내버려야 하는 성가신 잡일이다. 시작하지 않는 편이 제일 좋겠지만, 어쩔 수 없이 시작되었다면 황급히 마무리해 버려야 하는, 자질구레하고 귀찮은 일. 울음은 애초에 겪지 않는 편이 바람직하다.

그가 숨을 깊게 들이쉬고 내쉰다. 들썩이던 감정의 파고가 잦아든다. 휴지를 걸어 둔 철제 고리가 철크렁거리며 타일 벽과 부딪친다. 두루마리 휴지가 둘둘 풀리다 뚝 끊긴다.

그가 코를 푼다. 요란스럽게도 코를 푼다.

"어쩌다 이렇게 된 걸까?"

그가 코맹맹이 소리로 묻는다.

"큰 문제는 아니에요. 그냥 결혼식을 안 간 것뿐."

내가 답한다. 위로하려는 건 아니다. 사실을 말한 것뿐이다. 결혼식에 가지 않았다고 세상이 하루아침에 뒤바뀌지는 않으니까.

"그거 말고. 우리 말이야."

"우리요?"

"그래, 우리."

"우리에게 무슨 문제가 있나요?"

그가 콧방귀를 뀐다. 상당히 못마땅한 콧바람이다.

"그러니까 지금 같은 상황 말이야."

퉁명스러운 목소리. 무언가 단단히 기분이 상한 듯하다.

"지금 같은 상황이라니, 무슨 말인지 모르겠어요."

"정말 모르겠어?"

나는 고개를 젓는다. 짐작조차 되질 않는다. 그의 말뜻이 이토록 불투명한 건 이번이 처음이다. 아니, 처음이 아닌가. 그것조차 알 수 없다.

"거짓말을 하잖아, 바보같이."

그가 징징거린다. 말꼬리를 길게 늘이는 그 말투가 듣기 싫다. 왜 저렇게 어린아이처럼 말하는 걸까.

"서로 거짓말을 하잖아. 아무리 생각해도 바보 같아. 우리는 같은 사람이야. 한 명이라고. 너는 나고, 나는 너란 말이야. 그런데 왜 자꾸 거짓말을 하는 거지? 우리는 남을 대할 때 거짓말을 이렇게까지 많이 하지 않아. 오히려 진실을 위배하지 않으려고 노력하는 편이지. 누군가를 기만하는 건 도덕적인 범죄니까."

"잘 알죠. 거짓은 차라리 말하지 않거나 혹은 적당히 그럴듯한 말로 둘러대죠."

"맞아. 그런데 왜 자기 자신을 앞에 두고서, 누가 들어도 명백한 거짓말을 자꾸 하는 거야?"

잠깐의 정적. 내가 천천히 입을 연다.

"거짓을 진실이라 믿고 싶었는지도 모르죠."

다시 잠깐의 정적. 이번엔 그가 천천히 입을 연다.

"그렇게 믿고 싶었어? 오늘 결혼식에 다녀왔다고?"

생각의 고리가 뚝 끊긴다. 언어를 잃어버린 모호한 공황이 지속된다. 이런 상황에는 무슨 말이 어울리지. 무슨 말을 할 수 있지. 어떤 말을 해야만 하지.

"모르겠어요."

가까스로 조합한 단어.

무엇을 모르겠다는 걸까. 결혼식에 다녀왔다고 거짓말한 이유를 모르겠다는 걸까. 도대체 어쩌다 거짓말에까지 이르게 되었는지, 그 과정을 모르겠다는 뜻일까.

"그럼, 내가 도와줄게. 같이 이야기해 보자. 이야기하면 알 수 있을 거야."

저편에서 들리는 살가운 목소리. 그는 꽤 적극적이다.

나는 순간 고개를 번쩍 쳐든다.

"무슨 이야기를 한단 말이죠? 고작 결혼식 참석 여부에 대해 거짓말한 걸 가지고 나를 훈계할 셈인가요?"

"무슨 그런... 아니야. 그냥 이야기를 좀 해 보자는 거야.

방금 일어난 일에 대해서. 그리고 더 전에 일어난 일들까지. 우리의 거울은 어긋났어. 하나를 둘로 나눌 만큼 완벽하게 어긋났다고. 어긋난 거울을 바로잡으려면 일단 무엇이 거울을 기울였는지부터 알아야 해. 힘들겠지만, 감추고 덮어둔 것들을 끄집어내야 한다고.”

“나도 가만히 있었잖아요!”

내가 버럭 고함을 내지른다.

“당신이 그렇게 죽자고 길길이 날뛰었는데도 난 아무 말도 하지 않았어요, 아무 말도! 그런데 그깟 거짓말 한 번 한 걸 가지고 일을 이렇게 크게 만들어요?”

식식대며 고래고래 외친다.

“별것도 아닌 걸 가지고 자꾸 위대하게 만들지 마요! 자꾸 그 저주받은 재주를 온 사방에 늘어놓지 말라고요!”

발에 걸치고 있던 슬리퍼를 내동댕이친다. 쾅! 온 집이 부서져라 문을 닫는다.

다시는 그를 보기 싫다. 조금도 보고 싶지 않다.

침대에 뛰어든다. 이불은 조금 전 빠져나온 그대로 어질

러져 있다. 베개에 머리를 묻는다. 칠흑 같은 어둠 속으로 몸을 내던진다. 나는 내가 사라진 세계에서 비로소 평온을 찾는다.

...

베개 위에 켜켜이 쌓인 뜨거운 공기가 코를 막는다. 더는 숨을 쉴 수가 없다. 얼굴을 든다. 불 하나 켜져 있지 않은 컴컴한 방, 공기가 탁하다.

테이블 램프를 켜자 전등이 오렌지색으로 물든다. 서랍장을 열어 작은 손거울을 꺼낸다. 손바닥만 한 직사각형 거울. 거울을 잠시 품에 안고 생각을 정리한다. 그에게 할 말을 되짚어 보고서 짧은 한숨을 내쉰다. 눈을 감는다. 거울을 집어 든다. 눈을 뜬다.

"있잖아요, 아까는 내가 좀 흥분해서..."

말을 멈춘다. 거울 저편이 공백이다. 완벽한 빈칸이다.

맞게 본 건가 싶어 거울을 뒤집어도 보고 바로도 본다. 틀림없는 사실이다. 눈앞에 놓인 거울이 텅 비어 있다. 텅 빈 방뿐이다. 자리에서 일어나 거울과 함께 방을 한 바퀴

돈다. 거울에 방 안의 물건들이 나타났다 사라진다. 살구색으로 찰랑거리는 커튼, 나무 옹이가 드러난 원목 탁자, 겉옷과 가방이 두서없게 걸린 옷걸이, 전선들로 지저분한 책상. 책들이 가지런히 꽂힌 책장. 책장에 다다르자 시선이 흩어진다. 그만 보고 싶다. 더는 보고 싶지 않다. 책장에서 황급히 시선을 돌린다.

돌아온 침대. 급하게 젖히고 일어난 이불이 뒤집혀 있다. 정리되지 않은 주름들이 제멋대로 우글거린다. 이불 한가운데가 움푹 파여 있다. 엎어 놓은 복숭아처럼 둥글둥글한 하트 모양이다. 다시 나를 비춘다. 침대 옆에 어정쩡하게 서 있는 내 앞으로 거울이 다가온다. 코앞까지 거울을 가져다 댄다. 하지만.

거울 속에는 주황으로 물든 램프만이 빛을 발하며 서 있다. 뒤를 돌아 램프를 본다. 그리고 거울을 본다. 거울과 램프 사이에는 내가 서 있다. 하지만 거울에는 아무것도 비치질 않는다. 램프와 거울 사이에는 그 누구도 서 있지 않다.

맙소사. 거울에서 내가 사라져버렸다. 내가 사라진 세계가 현실이 되어버렸다. 정말로 현실이 되어버렸다.

"거기 있어요?"

대문 밖에서 집주인을 부르듯, 큰 소리로 외친다. 거기 누구 없어요?

그러나 답이 없다. 그는 듣지 못하는 것일까, 대답하지 않는 것일까.

"거기 누구 없냐고요!"

다시 한번 그를 부른다. 애달프게 그를 찾는다.

거울을 침대 위로 던진다. 책상 서랍을 뒤져 또 다른 거울을 꺼낸다. 한쪽 눈만 간신히 담아내는 작디작은 거울. 하지만 두 번째 거울에서도 텅 빈 방뿐이다. 눈은커녕 눈동자조차 보이지 않는다. 방에서 나와 신발장을 향해 달려간다. 집 안에 있는 유일한 전신 거울 앞에 선다. 서자마자 소스라치게 놀라 비명을 지른다. 불빛 하나 없는 짙은 회백색의 복도에는 어떠한 생명의 흔적도 보이질 않는다. 나는 이곳에 있지만, 존재하지 못한다. 그가 사라지자 나는 세상에서 삭제되었다. 실재한다는 사실을 입증할 수 없는, 한 자락의 혼령으로 변해버렸다.

그래선 안 된다. 내가 사라진 세계는 현실이 되어선 안 된다. 그건 상상과 가설에서만 존재하는 가상의 해방이다. 내가 사라진 세계는 더 이상 어떠한 세계도 될 수 없다. 그런 형체 없는 곳에서는 해방이라는 개념조차 존재하지 않는다. 내가 없는 세상은 더 이상 내게 '세상'일 수 없다. 유와 무의 경계가 사라진 무한의 진공일 뿐.

나는 울적했던 것뿐이지, 죽고 싶었던 게 아니다.

그를 찾아야 한다. 찾아내야 한다. 지금 당장.

솔 직 해 서

두 들 겨

맞 은

겁 쟁 이

거친 발놀림으로 화장실 문을 박차고 들어가 거울 앞에 선다.

"좋아요. 어떻게든 끝을 보죠."

주먹 쥔 손으로 거울을 쾅쾅 두드린다. 익숙한 슬리퍼 소리가 들린다.

"갑자기 심경의 변화라도 있었나 봐?"

그의 배배 꼬인 말투를 의식해서는 안 된다. 지금은 비상 상황이다.

"내일 아침 해가 뜨기 전까지 무조건 이 말도 안 되는 상황을 해결해야 해요. 둘로 분리되다니. 내가 둘로 분리되다니. 이런 망측한 상황을 어떻게든 돌려놔야 해요!"

"왜지?"

"왜냐고요?"

"응."

"왜긴요! 당연히!"

침이 기도를 침범한다. 쿨럭쿨럭 기침을 내뱉는다. 사레가 들렸다. 너무 흥분한 탓이다.

"내일은 정말 밖으로 나가야 하니까?"

그가 심드렁한 목소리로 묻는다. 나는 켈룩대며 고개를 끄덕인다.

"이 꼴로.. 이 꼴을 하고서 밖에 나갈 수는 없잖아요!"

"다른 사람들을 볼 생각하니 이제야 고민이 되나 보지? 귀신으로 오인할까 봐? 왜? 내가 아까 놀랐을 때 좀 그렇게 놀라 보지."

"지금 상황에서 토라지는 건 아무 도움도 되지 않아요. 어쨌든 당신도 나도 살아야 할 거 아니에요. 거울이 없으면..."

"거울이 없으면, 뭐."

"당신과 내가 이 세상에 존재한다는 걸 증명할 길이 없어요."

말을 끝마침과 동시에 양쪽 팔에서 솜털이 부스스 일어선다. 올록볼록 돋아난 닭살이 팔꿈치를 돌아 어깨를 타고 오른다.

"이 지경이 될 때까지 방치한 건 너야. 너라고."

그는 여전히 시큰둥하다.

"그래요. 알았어요. 누구 책임인지는 나중에 정하고. 일단 결과가 중요해요. 우리는 하나로 되돌아가야 해요."

문제의 근원부터 되짚어 보자고요. 내가 단호하게 말한다.

"무엇이 잘못되었는지를 알아야 해요. 원인을 알아야 해결할 테니까. 일단 어제부터 생각해 보죠. 어제 무슨 일이 있었죠? 어제 아침에는 늘 그렇듯 회의를 했고, 점심을 먹었고, 오후 업무를 봤고, 야근은 다행히 하지 않았어요. 그저 그런 하루였어요. 아, 그런데 음료수를 먹었어요. 음료수. 탕비실에 있던 건데. 선물 받은 거라고 했는데. 누가 선물해 준 거였죠? 기억이 안 나는데. 잠깐만. 김 대리라고 했던가? 아니면 거래처 직원이었던가? 혹시 기억나요? 뭐든 기억나는 거 있으면 말해 볼래요?"

속사포처럼 쏟아지는 말들 앞에서 그가 고개를 젓는다. 세차게, 아주 세차게 젓는다. 아니야. 그런 문제가 아니야. 그런 건 문제가 될 수 없어. 그가 중얼거린다.

"성급해. 당신 지금 많이 성급해."

"시간이 없으니까 당연히 그렇죠. 내일 아침이 올 때까지 12시간도 채 안 남았어요. 동트면 이제 곧 출근이에요. 정말 사람을 만나야 한다고요."

"사람. 사람. 사람. 거, 참. 사람 되게 좋아하네. 그게 문제가 아니라고 거듭 얘기했잖아. 이제야 제대로 대화할 기회가 왔는데, 자꾸 그렇게 밀린 일 해치우듯 할 거야?"

"시간에 쫓기고 있어서 그래요. 급하게 해치우는 게 아니라, 정말 급하다고요. 우리에겐 시간이 없어요."

"시간이 없는 거야, 마음이 없는 거야?"

"뭐가 있든 없든 그게 뭐가 중요해요. 마음이 없으면 만들어낼게요. 만들어서라도 가져올 테니까, 제발..."

"애원하지 마, 그런다고 해결될 문제 아니니까."

"알았어요. 알겠으니까, 그 빌어먹을 이야기나 좀 하자고요, 제발!"

그와 나는 다른 이유로 초조하다. 젠장. 같은 사람이 둘로 분리되었다는 이유 하나만으로 서로 이렇게 끔찍하도록 답답하다니.

"좋아, 그럼 우리가 왜 결혼식을 가지 않았는지부터 얘기해 보자."

다시 말문이 막힌다. 결혼식만 생각하면 머릿속이 백지가 되어버린다.

내가 말이 없자, 그가 입을 연다.

"앞뒤 안 보고 직진하려고 했던 거 아니야? 그럼 네 장단에 맞춰서 어제 일과부터 훑고 지나갈까? 어제가 끝나면 그제를 기억하고, 그게 끝나면 일주일 전을 추억하고? 이상하고 미스테리한 순간을 찾아서?"

"알았어요. 알았어."

결국 나는 목을 가다듬는다. 그는 내게 선택지를 주지 않는다.

"정말 오랜만에 생긴 연차여서 게으름을 부리고 싶었어요. 아침에 당신과의 일도 있었고. 시간도 늦었겠다 가지 말자고 생각했죠. 어차피 며칠 전까지도 연차가 나올지 안 나올지 확실치 않은 상황이었으니까요. 그래서 가지 않기로 한 거예요. 가지 않는다고 해서 문제 될 게 없었으니까. 다들 내가 못 올지도 모른다고 생각하고 있었으니까요."

그렇게 간단한 문제라고요. 당신은 이런 단순한 문제를 그렇게 웅장하게 만든 거고. 투덜거린다. 하지만 그는 만족하지 못한 눈치다.

"이 속도라면 우리는 내일 아침 해가 뜰 때까지 같은 자리만 빙빙 돌고 있겠는데?"

그의 목소리가 담백하다.

"이런 속도라뇨. 이보다 더 솔직할 수는 없어요."

"그래. 그렇겠지."

"마치 답을 알고 있다는 듯이 말하네요. 그럼 이제 당신이 이야기해 봐요. 당신은 왜 결혼식에 가지 않았죠?"

"내가 직면한 현실을 인정하고 싶지 않아서."

뭐라고? 순간 정신이 어지럽다.

"그렇잖아. 그런 거 아니야?"

그가 태연하게 묻는다. 나는 세면대를 부여잡으며 간신히 중심을 잡는다.

어떻게 저 말을 저렇게 아무렇지도 않게 할 수 있지?

"내가 직면한 현실이라니. 대체 무슨 말이죠?"

일단 부인한다. 지금의 나로서 할 수 있는 최선이다. 효과는 없겠지만.

"솔직해서 두들겨 맞은 겁쟁이"

또렷한 발음으로 한 글자씩 호명되는 단어. 나는 고개를 든다.

"뭐라고요?"

"너 말이야. 그렇다고."

눈 밑 근육들이 미세하게 움찔거린다. 시야가 서서히 가늘어진다.

"가면이라고는 도통 쓸 줄 모르는 바보. 매번 가면을 머리에 봇짐처럼 이고 다니면서 정작 필요할 때는 맨얼굴을 번쩍 들이미는, 그렇게 아둔한 사람."

"날 비난하고 싶은 건가요?"

"동정하고 있는 거야."

측은하게 전해지는 그의 말투가 불쾌하다.

"당신, 사람을 만나지 않은 지 얼마나 되었지?"

"그건 또 무슨 소리예요. 매일 출퇴근하는 직장인한테. 이 거대한 도시에는 어딜 가나 인간들이 무순처럼 자라나 있다고요."

"그런 거 말고. 정말로 사람을 만나지 않은 지 얼마나 되었냐고."

　멈칫한다. 잠시 고민한다. 적절한 말이 떠오르지 않아서
가 아니다. 답을 하고 싶지 않기 때문이다. 답하지 않고 버
틸까도 생각해 보지만, 어떠한 경우의 수를 따져 보아도 그
건 해결책이 될 수 없다. 이 비좁은 공간에서 시간이 흐른
다는 사실을 인지하고 있는 건 오직 나 하나뿐이다. 거울
건너편에 있는 그는 침묵을 두려워하지 않는다. 시간이 흐
른다는 사실조차 아랑곳하지 않는다. 이 몹쓸 사건을 어떻
게든 마무리 짓고 싶은 건 우리 중 나뿐이다. 그러니 그는
내가 입을 열 때까지 입을 열지 않을 것이다. 내게는 또다
시 아무런 선택지가 남아있지 않다.

　"정확한 기간을 알지 못해요. 한 번도 세어 본 적 없으
니까. 하지만 두 손으로 다 셀 수 없을 만큼 오래되었을
거예요, 아마도."

　결국 내던져 버린 답. 그러고는 변명처럼 덧붙인다.

　"하지만 오해하지 말았으면 해요. 내가 이상한 건 아니니
까. 요새는 그 누구도 정말로 사람을 만나지 않아요. 그건
유행에 뒤처진 촌스러운 일이거든요."

빈곤하게

파편화된

빈곤하게

파편화된

"난 유행을 따르는 것뿐이에요. 모두가 그러한 것처럼."

어깨를 으쓱한다. 내 말에 그가 어처구니가 없다는 듯 대꾸한다.

"유행에 뒤처진 촌스러운 일이라고."

"유행한 지는 좀 됐죠."

유행을 선명하게 인지하기 시작한 어떤 날을 떠올린다. 웅장함과 화려함이 깃든 장대한 연회장. 왁자지껄한 사람들이 하나같이 웃고 있다. 학교를 졸업한 뒤 한참이 지나 재회한 얼굴들. 서로를 만나 즐거워 보인다. 그러나 반가움은 겉모습뿐, 재회의 순간에서 감정은 배제되어 있다. 그리운 벗을 만난다는 개념은 사라진 지 오래다. 동창이라는 미명 아래 집결한 사회 공동체를 엮는 건, 의무감이다. 자신을 이어가고자 하는 집념이다. 그 속에서 감정은 사치다.

서로가 서로와 '팔로우'되어 있는 이 시대에, 학교를 매개로 커뮤니티를 형성한다는 것 자체가 시대에 뒤처진 일이라 느껴졌지만, 알면서도 향한 건 순전한 궁금증 때문이었다. 직장을 구한 첫해였다. 사회인으로 발돋움했다는 자부심은 나를 전에 없던 방향으로 떠밀었다. 매년 오는 초대

장이었지만, 이번만큼은 선택이 아닌 의무라 믿었다. 이제야 진입한 '사회'를, 이 미지의 세계를, 모조리 탐험해 보고 싶었다.

돌이켜 보면 나도 그들의 일부였는지 모른다. 유행을 의식한 건 아니었지만, 나의 유전자에 아로새겨진 어떤 문화적 장치가 나를 그렇게 움직이도록 떠밀었을지도. 아니다. 이건 너무 모호한 회피다. 정정한다. 그건 아주 속물적인 결정이었다.

동창들은 전혀 다른 세계에서 온 외계인을 만난 것마냥 서로를 신기해했다. 타인의 안부를 들으며 나의 세계에서 맛보지 못한 신선한 해방감을 간접적으로나마 체험했다. 한때 같은 시간을 견뎠지만, 우리는 더 이상 동족이 아니었고, 다름은 모임을 더욱 풍요롭게 만들었다. 다양성은 지루함을 달래기에 안성맞춤이었다.

근황을 공유하는 짧은 대화가 끝나자 어색한 웃음만이 감돌았다. 때마침 음식이 나왔고, 우리는 구원받은 얼굴로 너나 할 것 없이 앞다투어 수저를 들었다. 음식에 대한 칭찬이 이어졌다. 끝없는 칭찬. 거대한 홀이 음식에 대한 평론으로 가득하다. 다들 무척이나 음식을 좋아한다. 술도.
그리고 음료도.

음식이 바닥을 보일 때쯤 우리는 다른 주제를 찾는다. 하
이에나처럼 서로를 훑는다. 이 모임을 어떻게든 견고하게
유지하고자 강박적으로 소재를 찾는다. 덧없는 공백은 우
리가 그간 얼마나 서로에게 소원했는지를 부각할 뿐이다.
그런 건 돋보여선 안 된다. 적어도 친목을 빌미로 모여든
이곳에서는. 그러던 중 누군가가 타인의 물건을 포착한다.
곧 자신의 시선을 낚아챈 물건을 모두의 앞에 들어 올린다.
덩달아 우리는 그것을 본다. 그가 여태 무엇을 보고 있었는
지를 본다.

"가방 예쁘네."

"너 차 샀네? 바꾼 건가?"

불씨가 되었다. 그 말은 불씨가 되었다. 칭찬의 불씨가
되었다.

"얘 이번에 올린 사진 봤어? 호캉스 제대로 즐겼더라.
그것도 해외에서."

"너 요즘 만나는 사람 있지? 그래. 그런 것 같더라. 어떤 사람이야? 와. 실루엣만 멋있는 게 아니구나?"

"매주 주말마다 필드 나가는 거 힘들지 않냐? 체력 장난 아니다."

"바디프로필! 올라온 거 봤어. 엄청나던데? 진짜 부지런 해야만 할 수 있는 거잖아."

서로를 추켜세우는 건 사전 행사다. 대망의 마지막 쇼를 돋보이게 하려는 수작질이다. 오늘의 본격적인 불꽃놀이. 진짜 쇼는 지금부터다.

그래서 마지막 쇼의 주인공이 누구냐고?

바로 나. 나 자신이다.

"너 이번에 새로 나온 차 시승해 봤냐? 내가 이번에 바꾸면서 타 봤는데."

"어, 맞아. 신상 오픈런. 힘들어 죽는 줄 알았어. 말도 마. 정말 줄이 끝도 없더라니까. 우리나라 사람들 생각보다 잘 살던데?"

"야, 승진 경쟁 장난 아니야. 회사 이름은 좋은데 힘든 것도 많아. 아니라니까."

"전문직은 뭐 쉬운 줄 아냐? 너희들 모르는 고충도 많아. 연봉? 뭐 그런 걸 물어."

"맞아. 주식 한동안 좋았지. 추천해 달라고? 야, 그런 걸 그렇게 대놓고 말하냐."

서로를 향하던 칭찬은 부메랑처럼 자신에게로 되돌아온다. 걱정과 근심으로 포장한 말 뒤에는 어김없이 웃는 얼굴이 있다. 우월감에서 오는 안도의 미소가 있다. 모두가 작정하고 한통속인 그곳은, 베일에 싸인 장기 자랑이다.

나는 인파 속에 멀뚱히 앉아 있다. 묵묵히 접시를 비우고서 짐을 챙겨 일어난다. 홀을 가로질러 밖으로 나온다. 가방이 왠지 모르게 묵직하다. 안을 들여다본다. 나도 모르게 들고나온 칭찬들이 가방 안에서 굴러다닌다. 몇 개 안 되는 칭찬들에서는 하나같이 썩은 내가 난다. 내가 뱉은 침 냄새와 남이 뱉은 침 냄새로 얼룩진 어설픈 칭찬들. 하나씩 집어서 풀숲에 던져 버린다.

그날 이후로 나는 추억과 연관된 어떠한 공식적인 만남에도 나가지 않는다.

"동창회가 원래 그런 곳이잖아. 기대도 안 했으면서."

거울 너머의 그가 말한다.

"알면서 갔지만, 실제로 눈앞에서 보니 충격이었죠."

"한때는 어렸던 아이들이 갑자기 너무 어른이 되어서?"

"아니요."

"그럼?"

"하나도 바뀐 게 없어서요."

그가 침묵으로 답한다. 암묵적인 수긍이다.

"노스텔지어라는 낭만은 우리에게 없어요. 학창 시절부터 없었던 게 어떻게 하루아침에 생길 수 있겠어요? 투견장에서 자라난 개들은 같은 개를 적으로 인식하죠. 어릴 때부터 이겨야 한다는 집념밖에 배운 것이 없어 그래요. 우리는 두 발로 막 걷기 시작하던 시절부터 투견으로 자라났어요. 무엇이든지 상대보다 빼어나야 하고, 무엇이든 남보다 더 잘해야 했죠. 그건 생존이 걸린 문제였어요. 우리를 돌보고 가르치던 이들은 사회를 철저한 적자생존의 야생으로 묘사했고, 그곳에서 자비란 없었어요. 이기면 사람이 될 수 있지만, 지면 인간으로도 분류될 수 없는 상태로 평생을 살아가야 했죠. 그래서 어릴 때부터 우리는 서로를 헐뜯도록 교육받았어요. 살기 위해서는 물어뜯어야 했죠. 물어뜯지 않으면 내가 물리게 될 테니까요."

어린이들이 겪었던 삭막한 현실, 십수 년간의 기억은 언제나 날 몸서리치게 한다.

"어린 시절 학습된 본능은 타고난 본능만큼이나 무섭게 삶에 침습해 들어와요. 한 번 든 물은 쉽게 빠지지 않죠. 오래전부터 뿌리박힌 가치관은 관성처럼 지금의 우리를 밀고 당겨요. 서로를 밟고 일어서려 했던 습관은 아직도 모든 곳에서 유효하고, 장르와 종목을 가리지 않고 펼쳐져 있어요. 우리는 아직도 기를 쓰고 서로를 견제해요. 어떻게든 돋보여야 하니까요. 돋보이는 건 승리하는 것이고, 승리하는 건 생존하는 것이에요. 그리고 생존은 삶의 모든 것이죠. 우리가 교육받은 인생이란 그런 것이에요."

손톱 옆의 마른 상처를 애꿎게 만지작거린다. 응고된 피의 우둘투둘한 표면이 느껴진다.

"그래서 우리는 어떻게든 이기려고 해요. 이기려고만 한다고요. 모든 말의 마디와 마디에서 상대보다 내가 조금이라도 나은 이유를 찾으려고 하죠. 그게 얼마나 의미 없는 일인지를 알면서도, 습관을 버리지 못하는 거예요."

거울 너머의 그가 조용히 입을 연다.

"사람 사이의 모든 만남을 전투로 해석하는군, 당신은."

공기의 흐름이 어느새 미묘하게 바뀌어 있다. 어쩐 일인지 그는 나의 말에 동의하지 않는다.

"그렇지 않나요? 어딜 가든 그런 대화뿐이에요. 우리는 서로를 정말로 만나는 법을 잊어버렸죠. 겉으로 증명할 수 있는 가치들로만 서로를 재단할 뿐. 숫자로 치환할 수 없는 가치는 가치로 인식조차 하지 못해요. 이대로 가다가 우리의 명함에는 이름 대신, 각자를 가장 뽐낼 수 있는 그럴듯한 숫자만 적게 될지도 몰라요. 서로에게 중요한 건 오로지 숫자. 숫자뿐이니까요."

그는 아무 대꾸도 하지 않는다. 그가 고개를 끄덕이고 있을까, 가로젓고 있을까. 그의 생각을 도무지 읽어낼 수가 없다. 그는 나고, 나는 그다. 하지만 지금 우리는 서로에게서 완벽히 분리되어 버린 듯하다.

"파편화된 사회에서 우리는 전에 없이 빈곤해져 버렸어요. 그 어느 때보다 부유한 시대라고 하지만, 그 누구도 자신을 부자로 정의하지 않죠. 다들 자신이 얼마나 가졌는지를 자랑하기 바쁘지만, 그건 얼마나 가지지 못했는지를 감추기 위한 수작에 불과해요. 우리는 가난해요. 그 어느 때보다도 가난하다고요."

고요하다. 마른 침묵이 견딜 수 없이 고통스럽다. 대체 왜 아무 말도 하지 않는 걸까. 손을 들어 유리 벽을 두드린다.

"아직 여기 있어."

건조한 답이 돌아온다. 기계적인 답변에 눈살을 찌푸리며 항변한다.

"정말 이러기예요?"

"무슨 뜻이야?"

"자꾸 아닌 척, 모르는 척, 그럴 거냐고요. 당신도 나처럼 생각하잖아요."

"맞아."

"그런데 왜 그렇게 멀뚱히 앉아만 있어요?"

"동조라도 해 주길 바랐나? 함께 개탄하며, 사회를 뒤집을 방법이라도 공모하자고?"

"동조는 바라지도 않아요. 동의라도 해 달라는 거예요."

"내가 왜 그래야 하지?"

뭐라고? 당황해서 아무런 말도 나오질 않는다. 스스로에게 이렇게까지 어이없긴 또 처음이다.

"그야 당연히.."

"내가 너니까?"

"그래요. 나는 적어도 나에게만큼은 동의해 줘야 하는 거 아닌가요?"

"별로 그러고 싶지 않은데."

"왜죠?"

그는 한 치의 망설임도 없이 되묻는다.

"당신이 그들과 뭐가 그렇게 다른데?"

나   는

내   가

싫   다

"뭐라고요?"

진짜 징글징글하다. 혼자만 이성적인 척, 고고한 척. 갖은 '척'을 다하는 그의 머리를 한 대 쥐어박고 싶다.

"그렇잖아. 네가 그들과 뭐가 그렇게 다른데?"

"적어도 숫자로 상대를 평가하고, 숫자를 내 이름처럼 사용하진 않아요. 동창회에서 내가 왜 뒤도 돌아보지 않고 도 망쳐 나왔겠어요? 난 그들과 같아지기 싫었어요. 그런 세계와는 조금도 닮고 싶지 않았다고요."

"그런 세계?"

"함부로 나를 자랑하는 세계. 내가 소유한 것들이 곧 나라고 믿는 세상. 난 그런 상상을 함부로 하지 않는다고요."

"정말로 그래?"

마지막 질문이 나를 미치게 한다.

"하고 싶은 말이 뭐예요?"

"왜 결혼식에 가지 않은 거지?"

"말했잖아요. 피곤했다고."

"단지 피곤했던 것뿐이야?"

"몸이 피곤하다는 말이 아니에요. 정신이 피곤하다는 뜻이에요. 결혼식에는 분명 내가 알던 그들도 잔뜩 올 텐데. 그곳이 동창회랑 뭐가 달라요? 매번 줄자를 꺼내 서로의 치수를 재는, 그런 풍경은 이제 질렸어요. 꼴사납다고요!"

잠깐의 정적, 그리고 똑같은 질문.

"정말 그것뿐?"

아악! 자리를 박차고 일어난다.

뭐지? 한번 해 보자는 건가?

"진정해."

차분한 목소리라 더 듣기 싫다. 나는 이렇게 화가 나는데.

"솔직해서 두들겨 맞은 우리 가여운 겁쟁이 씨. 가면을 이고 다니면서도 필요할 때마다 쓰는 걸 잊는 딱한 바보."

그가 일정한 리듬감에 맞춰 흥얼거린다. 조롱 섞인 목소리로 훈계한다.

"절친 결혼식이었어. 아주 어릴 때부터 당신과 함께했던 친구의 결혼이었다고. 고작 그런 이유만으로 결혼식에 가지 않았다는 건 너무 바보 같은 변명이지 않아? 그런 사람들 따위, 대체 몇 분이나 만난다고. 가면을 써. 그러면 되잖아. 머리에 늘 얹고 다니는 그 '사회적 가면'이라는 건, 이럴 때 쓰라고 있는 거야.

하지만 잘 생각해 봐. 당신이 정말 가면을 쓰는 방법을 모를까? 사회생활을 그렇게 오랫동안 해 온 당신이? 아니지. 그게 아니지. 당신은 어떤 도덕적 결심 때문에 결혼식에 가지 않은 게 아니야. 스스로가 얼마나 변변치 못한 사람인지를 인정하기 싫어서 가지 않은 거지. 분명 그곳에서 친구는 당신보다 곱절은 빛날 테니까."

나는 지지 않고 반박한다.

"결혼식에서 주인공이 빛나는 건 당연한 일 아닌가요? 그리고 내가 왜 친구를 시샘하죠? 단지 미혼이라서? 혼기가 나날이 뒤로 미뤄지고 있는 이 시대에 그게 가당키나 한 말이에요? 난 결혼을 부러워할 만큼 절박하지 않아요. 친구가 좋은 사람과 결혼하게 되어 기쁘다고요. 진심으로."

"아니지. 결혼이 부러웠던 게 아니지. 결혼을 선택할 수 있었던 결심이 부러운 거지."

"결혼을 선택할 수 있는 결심이라니. 그게 대체 무슨 말이에요?"

"자꾸 회피하지 마. 내가 무슨 말을 하는지 알고 있잖아."

몰라요. 모른다고요. 버럭 소리를 지르고 싶지만, 차마 입이 떨어지질 않는다.

그가 다시 묻는다.

"양심에 손을 얹고 솔직하게 말해 봐. 네가 정말 그들과 달라?"

나는 그 질문에 답할 수 없다.

아니, 답하고 싶지 않다.

환 상 의

나 라 의

타 일 공

"타일 시공을 하겠다고?"

숟가락을 든 채로 묻는다. 뚝배기에 든 고깃국이 부글부글 들끓고 있다. 맞은편에 앉은 지호가 국을 크게 한 입 퍼서 입에 털어 넣는다.

"응."

그가 물컹한 쌀알을 씹으며 답한다.

"아르바이트치고 너무 빡센 거 아니야?"

"아르바이트 아니야. 아예 진로를 그쪽으로 가려고."

"뭐?"

되묻는다. 대학교 2학년에 갓 접어든 학생이 하는 말치고 과하게 현실적이다.

"취업 준비도 한 번 안 해 보고?"

"몸 쓰는 일은 한 살이라도 젊을 때 하는 게 좋대. 아버지도 그렇게 말씀하시더라."

"야, 너 정도면 학벌도 나쁘지 않잖아."

"학교 이름이 밥 먹여 주냐."

머리를 망치로 한 대 세게 얻어맞은 기분이다.

"아버지가 이왕 일 다닐 거면, 지금부터 같이 다니재. 한 일 년 정도는 아르바이트처럼 잠깐씩 돕고, 일이 손에 익고 체력도 길러지면 그다음부터는 아예 전업으로 같이 뛰자더라."

"그래서 정말 타일공을 하겠다고. 그것도 서울에서 4년제 대학을 다니는 네가."

"나쁘지 않잖아? 나름 전문직이고, 돈도 꽤 쏠쏠하게 벌고."

껄껄 웃었다. 강지호. 이 돈에 눈먼 새끼. 당시에는 그렇게 생각했었다. 당시에는.

헛바람이 들었다고 생각했다. 방학 동안 아버지를 따라다니면서 한두 푼 만져보더니 느끼는 같잖은 허영 같은 거라고. 대학을 나와서 타일공이라니. 고작 그런 일이라니. 모두가 다 함께 손을 잡고서 간절히 화이트칼라를 외치던 시기, 나 홀로 땀내 나는 옷을 입겠다는 지호가 이해되질 않았다.

오래 가지 않을 거라 여겼다. 그렇게 가녀린 몸으로, 힘없는 손으로, 근력 없는 다리로 버티기에는 공사 현장이 만만

한 곳이 아니었으니까. 하지만 지호는 뒷골목 국밥집에서 했던 그 대범한 선언을 끝끝내 지켜 냈다. 대학 수업을 들으면서 틈틈이 시공 현장을 오갔고, 방학 때는 트럭을 타고서 전국을 전전했다. 일의 여파였는지, 학기 중에 그는 자주 잠에 빠져들었다. 수업 시간에는 졸음을 참지 못해 고개를 끄덕거리기 일쑤였고, 친구들과 함께 수다를 떨다가도 반쯤 감긴 눈으로 멍하니 벽에 머리를 기대며 고개를 푹 떨구기도 했다.

친구들은 그런 그를 내버려 두었다. 다들 좀 이상하다고 생각하긴 했지만, 저러다 제풀에 지쳐 결국 마음을 돌리겠지 하는 마음이었다. 아니, 어쩌면 그렇게 생각한 건 나 하나뿐이었을지도 모른다. 대학교 3학년에 접어들고, 4학년에 진입하면서 우리는 서로에 대해 생각하기를 그만두었다. 고등학교 때 그랬던 것처럼, 당시 우리에게는 또 한 번의 생존이 숙제처럼 주어져 있었다. 영유아 때부터 시작되었던 험난한 마라톤은 고등학교를 지나 대학으로 넘어와서도 계속되었다. 우리의 마라톤에 완주라는 개념은 없었다. 그저 달리고, 달리고, 또 달릴 뿐이었다.

우리의 마라톤에는 식수대조차 없었다. 자기가 마실 물은 알아서 챙겨야 했고, 물을 준비하지 못했다면 그건 전적으로 선수 책임이었다. 혹시라도 물이 다 떨어져 누군가 쓰러지기라도 한다면, 뒤따라오던 이들은 넘어진 이를 타 넘으며 달렸다. 그걸 잔인하다고 느낄 여유조차 없었다. 우리는 각자의 앞날에 허덕이느라 정신을 차릴 수가 없었고, 그런 상황에서 옆 사람에게 도움의 손길을 뻗을 수 있는 이는 둘 중 하나뿐이었다. 곧 있으면 하늘로 승천할 천사거나, 머리에 심각한 부상을 입어 본분을 망각한 악마거나. 둘은 상반되지만, 이 땅에 현존하는 인간이 아니라는 점에서는 같다.

그래서 우리는 아무도 지호를 신경 쓰지 않았다. 그의 인생이니 어련히 알아서 잘하겠냐는 말만 반복하며, 그의 선택을 존중해 주었다. 완전한 방관이 온전한 존중과 어떻게 다른지는 잘 모르겠지만, 우리는 그를 존중한다고 믿었다. 당시에는.

그렇게 대학은 어영부영 흘러갔다. 휴학과 복학을 반복하며 어떻게든 학창 시절을 늘여보려고 애쓰는 친구도 있었고, 명석한 두뇌와 효율적인 전략으로 취업으로 직진하

는 친구도 있었으며, 아무래도 대학이 천직인 것 같다는 말
로 자신을 속이며 대학원을 준비하는 친구도 있었지만, 우
리의 미래는 정해져 있었다. 당장의 계획이 어떠하든, 종국
에 우리는 모두 사회로 내던져질 운명이었다.

대학 시절 우리의 목표는 하나였다. 쾌적한 직장과 세련
된 삶. 멀끔한 복장을 하고, 플라스틱 이름표를 목에 걸고
서, 커피 한 잔을 든 채 도시 한복판을 양 떼처럼 몰려다니
는, 그런 평범함을 꿈꾸었다.

꿈만 꾸었다. 정확히 말하자면 우리는 그런 꿈만 꾸었다.
평범하다고 여겨졌던 꿈이 결코 평범하지 않다는 걸 깨닫
기까지는 한참의 세월이 필요했다. 실제로 우리가 생각하
던 생활에 이르기까지는 졸업을 하고서도 몇 년 이상의 시
간이 걸렸다. 몇 년보다 더 오랜 기간을 보낸 친구도 있었
고, 몇 년이 지날 동안 꿈 근처에도 이르지 못한 친구도 있
었지만, 그런 친구들은 하나둘씩 연락처에서 자취를 감추
었다. 그렇게 삼 년이 흐르고, 오 년이 지나자 '사회에 적법
한' 친구들끼리만 서로와 교류를 지속했고, 다행히 나는 그
적법한 열차 끄트머리 칸에 간신히 탑승할 수 있었다.

그동안 지호의 시간은 다르게 흘러갔다. 우리가 한없이 높은 사회의 문턱을 넘기 위해 악에 받친 시간을 보내는 동안, 지호는 온갖 현장을 전전하며 진정한 사회란 무엇인지를 온몸으로 체득했다.

"사회에 진입한 거 축하해. 비록 뒷구멍으로 들어간 거긴 하지만. 일은 할 만해?"

지호에게 우리는 늘 그렇게 물었다. 우스갯소리를 빙자한 질문이었지만, 그 안에는 늘 새파란 살기가 스며 있었다. 당시 우리는 전원 백수였다. 그래서였는지 그는 가당치 않은 말을 늘어놓는 우리를 늘 가소롭다는 듯이 흘겨보았다. 그러고는 밥을 샀다. 그런 날 식사를 계산하는 건 늘 지호였다. 우리는 그가 카드를 꺼낼 때마다 일제히 박수를 쳤다. 역시 어릴 때부터 돈에 눈이 멀어서 그런지 씀씀이도 최고라고.

"됐어. 나중에 잘 되면 돌아가면서 밥 사."

그는 매번 박수갈채에 손을 내저으며 새침하게 지갑을 가방에 찔러넣었다. 언제나 새것처럼 반질거리는 검은 가죽 가방이었다.

"일할 때는 힙색을 차거나 작업복 주머니에 귀중품을 넣어 두거든. 가방은 너네 만날 때만 매니까. 언제나 새것처럼 보이나 봐."

최근에 가방을 새로 샀냐고 묻는 내 질문에 언젠가 지호는 그렇게 답한 적이 있었다. 같은 질문만 이번이 벌써 세 번째라고 덧붙이면서. 그의 답은 나의 심금을 울렸다. 이런 녀석도 이렇게 열심히 사는데, 나도 더 열심히 살아야겠다고 거듭 다짐했다.

이런 녀석. 당시 내게 지호는 이런 녀석에 불과했다.

그는 얼마간 더 '이런 녀석'에 머물렀다. 몇 해가 지나고 친구들이 어떻게든 하나둘 취업에 성공하면서, 지호가 그랬던 것처럼 서로에게 문제없이 밥을 사 줄 수 있을 정도로 벌이가 생기기 시작하면서. 우리는 마침내 안도했다. 생각보다 평범하고, 예상보다 볼품없었지만. 이 광활한 야생에서 한 사람의 몫을 온전히 수행하고 있다는 안정감은 꽤 중독적이었다.

어느 날, 지호가 우리 앞에 청천벽력 같은 소식을 내던지기 전까지는, 그랬다.

"곧 집들이하려고 하는데. 다들 언제 시간 괜찮아?"

친구들끼리 주고받는 메시지 방에 갑작스레 올라왔던 질문. 우리는 처음에 그가 새로운 집을 무사히 구했다는 사실에 다 함께 기뻐했다. 여과 없이 축하해 주었다. 사회로 나온 친구들은 자주 집을 옮겨 다녔다. 그럴 수밖에 없었다. 우리는 집이 없는 유목민들이었으니까. 행정상으로는 이 땅의 정주민이었지만, 콘크리트 산맥을 몇 번을 타넘어도 우리를 위한 거처는 없었다. 아무리 완벽한 정착지라도 우리에게는 남의 명의로 된 장기 숙소일 뿐이었다.

그래서 우리는 언젠가부터 집들이도 잘 하지 않았다. 처음 독립했을 때는 너도나도 집을 공개하려 애를 썼지만, 자신의 정체성을 자각한 이후에는. 그러니까 매번 이주하는 것이 당연한, 타의적 노마드라는 사실을 깨달은 후로부터는 자신이 거주하는 집에 어떠한 뿌듯함도 느끼지 못했다. 이사는 몇 해에 한 번씩, 혹은 한 해에도 몇 번씩 해야 하는 힘겨운 연례행사였고, 당연한 행사를 매번 모여 축복하는 건 우스운 짓이었다.

지호가 연락한 건 그맘때쯤이었다. 우리에게 집이 얼마나 귀중하고도 무의미한 존재인지를 서서히 자각할 때쯤, 안정적인 보금자리가 먼발치의 소망이라는 걸 뼈저리게 인식할 때쯤. 그는 우리에게 어떤 소식을 알렸다.

"집을 구했어. 운 좋게도 매매였어. 내 첫 번째 집이 생긴 거야. 기쁘게도."

우리는 잠깐 웃었고, 오래 침묵했다. 씁쓸한 충격이었다. 당시 나는 이제 막 내 집을 꿈꾸기 시작했었다. 막연하게 가능성을 어림잡던 중이었다. 추석에 뜬 보름달에 빌어보는 어렴풋한 소원. 나에게 집이란 그런 의미였다. 상상으로만 그려보는 먼 미래, 이루어지지 않을지도 모르는 소망. 하지만 지호에게 그건 오래전에 다가온 현재였다.

그는 내가 꿈결에 내뱉는 말장난 같은 일들을 현실로 일구고 있었다. 사회생활을 먼저 시작한다는 게 이런 것인가. 그의 집들이에서 나는 그렇게 중얼거렸다.

10년이 다 되어가는 아파트였다. 아주 좋은 집은 아니었지만, 혼자 살기에는 넉넉한, 방이 두 개 딸린 집이었다. 서울이 아니라서 더 큰 평수에 들어올 수 있었다고, 그가 수

줍게 말했다. 그의 꽁무니를 따라 한 걸음씩 내디디며 우리는 기차 놀이하듯 열을 맞춰 집을 구경했다. 저번에 세 들어 살던 빌라와 별반 다르지 않은 크기였지만, 집을 구경하는 우리들의 머릿속에는 같은 말이 떠다녔다.

그의 집이었다. 온전한 그의 집. 그가 소유한, 그의 이름으로 된, 그만의 집.

내 이름으로 된 나만의 공간을 가진다는 건 어떤 기분일까. 이 땅의 진정한 정착민이 된다면. 그럴 수만 있다면. 양어깨를 무겁게 짓누르는, 어떤 부담으로부터 비로소 자유로워질 수 있을까.

병아리 청춘들에게 친구의 성취는 큰 자극이 되었다. 그때부터 우리는 '집'이라는 새로운 과제에 골몰했다. 나 역시도 그러했다. 일상의 권태가 몰려올 때마다 나는 지호를 떠올렸다. 그때마다 입 안에는 쏩쓸함이 감돌았지만, 그는 그 무엇보다 효과적인 자양강장제였다. 그는 나를 움직이게 했다. 앞을 보고 달리게 했다.

다행인 건, 그와 나 사이에는 몇 년의 격차가 있었다. 그건 미약한 위안이 되었다. 그의 시간을 따라잡기만 한다면,

나도 그처럼 될 수 있을 거라는 희망을 품게 했다. 수입의 차이가 없었던 건 아니었지만, 그의 시간만큼 일해 수도권에 오래된 집 한 채를 구하는 건 아주 불가능한 현실은 아니었다. 가까스로 팔을 뻗으면, 간신히 닿을지도 모르는, 아슬아슬하게 실현 가능한 계획이었다.

그래서 열심히 달렸다. 달리고 또 달렸다. 타일공 친구를 목표로 삼고 나아간다는 사실이 가끔은 우습고도 놀라웠지만, 그런 차별적인 생각에 매몰되지 말라며 스스로를 다독였다. 길거리에 엎어진 거지에게도 배울 점은 있는 법이다. 배움을 게을리하는 건 성공의 속도만 늦출 뿐이었다.

그렇게 나는 달렸다. 달리고, 달리고, 달리고, 달리고, 달리고, 달리고, 또 달렸다.

언젠가 그를 따라잡을 수 있으리라 굳게 믿으면서.

내가 환상의 나라를 꿈꿨다는 걸 알아차렸을 때는,

이미 너무 늦어버린 후였다.

금　　　　맥

찾　기　와

뱀　　　의

혓　바　닥

"지호는 가장 좋을 때 집을 샀어요. 지호가 집을 산 지 몇 년 후, 주변은 꿈틀대기 시작했죠. 집값이 오르기 시작한 거예요. 지호는 이때다 싶어서 집을 팔았고, 모아 놨던 돈을 보태 서울 외곽으로 이사를 갔어요. 삶의 규모를 한 차례 키워 간 거죠."

넓두리가 타일에 부딪혀 산산이 흩어지자, 텅 빈 허공이 산란하다.

"하지만 나도 가만히 있었던 건 아니에요."

부동산만 호황이었던 건 아니었다. 지호가 서울에 집을 사고 난 후에도 몇 년 동안, 나는 내게도 기회가 찾아올 거라 철석같이 믿었다. 당시 우리는 대한민국판 신(新) 서부 개척 시대를 살고 있었다. 여윳돈을 조금이라도 가진 이는 모두 각자의 금맥을 찾아 나서기 바빴다. 청바지와 곡괭이 대신 전자기기를 손에 든 채 기민하게 정보를 뒤쫓으며, 어떻게든 선구자가 되고 싶어 갖가지로 애를 썼다.

그 안에는 나도 있었다. 빈약한 통장에 의지해 쓰나미 같은 정보의 급물살에 휩쓸려 흐르는, 작은 개인이 있었다. 나는 시류에 편승해 모두와 함께 울고 웃었다. 이 금광에서 저 금광으로, 저 금광에서 이 금광으로, 우르르 옮겨 다니며 금괴처럼 밝게 빛날 미래를 그렸다.

하지만.

"택도 없는 일이었죠. 나는 간과하고 있었던 거예요. 지호가 나보다 한참 더 앞서있다는 사실을. 어정쩡한 화이트칼라가 전문 기술공을 따라잡겠다고 결심한 것 자체가 어리석은 일이었죠."

"편견이었을지도 모르지."

"그래요. 편견이었을지도 모르죠. 획일적인 위계질서를 관습처럼 배우며 자라난, 어느 멍청한 인간의 역겨운 편견."

"기계 중의 제일은 컴퓨터인 줄로만 알고 살았던 거지."

"그만큼 시야가 좁았던 거예요."

거울 너머의 그와 나는 약속이라도 한 듯 말들을 쏟아낸다. 그리고 동시에 흩어지는 나직한 한숨.

"내가 금맥을 찾으려고 애쓰는 동안 세상의 가격표는 천정부지로 치솟았어요. 하지만 동시에 금광은 하나둘씩 바닥을 드러냈죠. 짧은 서부 개척 시대는 그렇게 끝이 났어요. 정착민이 되겠다는 나의 소망과 함께요. 나는 이제 그 무엇도 꿈꾸지 않아요. 추석의 보름달을 앞에 두고도 소원을 빌지 않죠. 희망을 갖는 것조차 내겐 사치니까요."

멍하니 허공을 응시하며 말을 잇는다.

"나는 서류상에서만 정착민일 뿐이에요. 아마 평생 유목민으로 살아가겠죠. 이럴 거면 차라리 너른 초원에서 게르를 펼치고 살아가는 진짜 유목민이 되는 편이 낫겠어요. 적어도 그곳에선 해를 보고 땅을 밟으며, 내가 인간임을 느끼며 살아갈 수 있으니까요."

잠깐의 정적이 흐르고, 그가 입을 연다.

"그리고 지호는 결혼을 했지."

"그리고 지호는 결혼을 했죠."

나는 그의 말을 되풀이한다.

우리는 또 한 번 기억 속으로 빨려 들어간다.

...

"축하해."

나는 청첩장을 앞에 놓고서 차마 시원하게 웃을 수가 없었다.

"신랑은 저번에 소개해 줬던 사람?"

"응. 너도 같이 봤던 남자친구."

작업 현장에서 만났다던 세 살 위의 남자. 직업은 목수. 타일공과 목수. 둘은 남매처럼 닮아 있었다. 외모도, 가치관도, 말투도. 전부 흠잡을 데 없이 잘 어울리는 한 쌍이었다.

젊은 부부는 양가 부모님께 한 푼도 손 벌리지 않았다. 결혼식과 혼수 비용을 전부 자신들의 돈으로 해결했으며, 각자의 집을 팔아 함께 한 채의 집을 마련했다. 두 배로 불어난 자산은 그들을 더 좋은 곳으로 인도했다.

나는 그들의 이야기를 들으며, 애꿎은 가방끈만 만지작거렸다. 매일 출퇴근길을 함께하는 나의 가방은 이미 해질 대로 해져 있었다. 새 걸로 바꾸자고 줄곧 생각하고 있었지만, 굳은 다짐은 몇 달째 다짐에만 머물러 있었다.

고개를 들어 지호의 가방을 보았다. 친구의 가방은 몇 년 전 그날처럼, 여전히 환하게 반질거렸다.

"아직도 가방은 휴일에만 들어?"

내 물음에 지호는 커피를 입에 머금고서 눈을 동그랗게 뜬다. 자신의 가방을 흘깃 보더니 웃으며 고개를 끄덕인다.

"그래도 괜찮아?"

묻는다. 그는 다시 고개를 끄덕인다.

"일할 때 꾸미는 건 포기한 지 오래야. 가끔은 큰 컵에 커피를 가득 담고서 멋진 옷을 차려입고 도시를 활보하고 싶기도 하지만, 그래도 난 지금이 좋아."

"어째서?"

"나는 존립하고 있으니까."

존립. 발음조차 까탈스러운 그 단어를 몇 번이고 되뇐다. 존립하다. 존립하다. 자립하여 생존한다.

너는 홀로 우뚝 서 있구나. 문득 그렇게 말하고 싶었다. 우리가 한 걸음도 나아가지 못하고 솟아오른 절벽에서 떠밀려 활강하고 있을 때, 너는 그 깎아지른 절벽 위에 올라서서 하늘을 보고 있구나. 더 높은 곳을 보며, 우리와 다른 목표를 꿈꾸었구나.

네가 뛰는 마라톤에는 결승선이 있을까. 아니, 벌써 결승선 부근에 가 있는 건 아닐까. 너의 경주로에는 안개가 쏟아지지 않겠지. 말간 해만 뜨겠지. 우리는, 아니 나는, 네가 있는 구간에 다다를 수 있을까. 지친 안개를 뚫고서 언젠가 그곳에 도달할 수 있을까. 아니다. 알고 싶지 않다. 어차피 나에게만 가혹할 진실을, 나는 알고 싶지 않다.

"돈이 그렇게 좋아?"

"뭐?"

지호와 나는 놀란 얼굴로 서로를 본다. 지호는 나에게 놀랐고, 나도 나에게 놀랐다.

방금 무슨 말을 지껄인 거지?

"그렇잖아. 모든 걸 포기할 만큼, 돈이 그렇게 좋냐고."

혓바닥 브레이크가 고장 나 버렸다. 양 이빨로 짓눌러도 제멋대로다. 혀는 저만의 자아가 생긴 것처럼, 입 안을 휘감고서 뱀의 그것처럼 두 갈래로 사납게 갈라진다.

지호가 나를 본다. 오랜 시간 알고 지낸 동창의 얼굴을. 한때는 죽고 못 살 정도로 붙어 다녔던 친구를, 지그시 바라본다. 앞으로 몸을 기울여 양손으로 턱을 괸다. 붉은 입이 보인다. 촌스러울 정도로 새빨간 입술. 아니, 실은 그에게 가장 잘 어울리는 장밋빛 립스틱. 입주름이 갈라지며 짧은 말을 내뱉는다.

"너는 싫어?"

입을 벌린다. 양 입술이 파르르 떨린다.

나는. 나는 무슨 말을 해야 할지 알 수 없다.

숫자로

지어진

땅

나는 가장 비싼 선물을 보냈다. 친구들이 다 같이 돈을 모아 냉장고를 결혼 선물로 보낼 때, 혼자만 값비싼 에스프레소 머신을 사서 택배로 부쳤다. 부부가 둘 다 커피를 좋아한다는 걸 오래전부터 알고 있기에 가능한 일이었다.

지호는 내 선물을 흔쾌히 받아들였다. 전화라도 해 주길 바랐는데. 적어도 무언가 궁금해하길 바랐는데, 지호는 끝까지 내게 아무것도 묻지 않았다. 대신 짧은 메시지 한 통을 보냈을 뿐이다.

'선물 잘 받았어. 커피 잘 마실게.'

그 메시지를 받고서 나는 불에 덴 듯 발을 동동거렸다. 그에게 전화해 말하고 싶었다. 그런 게 아니라고. 그런 뜻이 아니었다고.

하지만 차마 먼저 전화할 수는 없었다. 나조차도 내게 확신할 수 없었기 때문이다.

"친구의 성실한 인생을 단숨에 깎아내릴 만큼, 어마어마한 마그마가 솟구쳐 올라왔어요. 질투, 부러움. 그런 단순한 단어로는 차마 다 표현할 수 없을 만큼 엄청난 에너지였죠. 나는 아직도 그날의 그 순간을 묘사할, 제대로 된 이름을 찾지 못했어요."

슬리퍼 뒤축을 화장실 바닥에 짓이긴다. 흐물거리는 플라스틱이 반쯤 접혔다가 용수철처럼 활짝 펼쳐진다. 부드러운 고무가 발바닥을 찰싹 때린다.

"생쥐가 궁지에 몰리면 없던 용기도 생긴대. 도망치기 위해 고양이 코라도 물어버린다지."

"내가 생쥐라는 말인가요?"

"궁지에 몰렸다는 말이야."

대꾸할 말을 찾는다. 어떠한 말도 합당한 결론으로 이어지지 않는다.

"나는 숫자를 좋아하지 않았어요."

겨우 찾은 한 가닥의 실마리. 내가 할 수 있는 최선의 답이다.

그렇게 한 마디 내뱉고서 한참을 앉아 있다. 다음 말을 찾기 위해 주변을 더듬거린다. 아무것도 잡히지 않는다. 아지랑이 같은 생각들은 흩날리는 먼지가 되어 눈앞을 떠돈다. 그는 잠자코 기다린다. 폭풍 같은 회오리가 잦아들 때까지, 다만 기다린다.

"적어도 한때는 그랬던 것 같아요."

간신히 뱉은 다음 문장.

"숫자에는 작은 것과 큰 것이 있고, 적은 것과 많은 것이 있어요. 처음부터 비교를 위해 발명된 도구죠. 숫자가 만들어낸 간사한 승패 놀음은 이기고자 하는 열망을 부추겼어요. 숫자에 사지가 묶인 채 질질 끌려다니는 우리의 살갗에서는 언제나 피 냄새가 났죠."

팔꿈치를 쓸어내린다. 까슬거리는 피부가 손끝에서 느껴진다.

"그래서 나는 숫자를 경멸했어요. 모든 으스댐과 멸시, 견제와 불필요한 모욕. 우리에게는 그런 것들이 필요 이상으로 많았고, 그 중심에는 늘 알량한 숫자들이 있었으니까요. 숫자는 만악의 근원이자 경쟁의 씨앗이었죠. 그래서 나는 의도적으로 숫자를 피해 다녔어요. 숫자에 얽매이고 싶지 않았거든요. 나는 절대, 그들처럼 숫자로만 모든 것을 계산하고 사고하는, 그런 사람이 되고 싶지 않았어요."

"하지만 결국 그렇게 되었잖아."

두 입술을 맞부딪친다. 얇은 표피 위를 굴러다니던 거스러미들이 후두둑 떨어진다.

"숫자를 품지 않으면, 이 땅에서는 생존할 수가 없어요."

인정하고 싶진 않지만, 만약 그래야 한다면, 난 이 말밖에 할 수 없다.

"처음에는 단순히 살고 싶다는 생각밖에 없었어요. 안정되게 살고 싶다는 생각. 지긋지긋한 유목민 생활을 끝마치고, 제대로 된 정착민이 되고 싶다는 열망뿐이었죠. 하지만 무슨 수를 써도, 어떠한 계획을 세워 봐도, 나는 콘크리트 산맥을 떠도는 화전민일 뿐이었어요. 벗어날 수가 없었죠. 집기 몇 개와 옷 보따리를 이고 지고서, 언제까지고 옮겨 다닐 수밖에 없는 타의적 유목민. 이 땅의 명부에는 내 이름이 있지만, 나는 내 발바닥 크기의 땅조차도 소유하지 못해요."

오래도록 쌓아 두었던 생각을 찬찬히 풀어낸다, 말에서 케케묵은 나프탈렌 냄새가 난다.

"숫자로 지어진 사회 속으로 파고들어야겠다고 결심한 건 그 때문이에요. 이 땅에서 적어도 사람답게 살려면, 내 거주지가 있으려면, 먼저 숫자의 규율을 받아들여야 했어요. 그토록 혐오했던 숫자를 품을 수밖에 없었죠. 살기 위해서는요."

"결국 모든 것을 숫자로 계산하고 사고하는, 그런 사람이 되고 만 거지."

"내가 결코 되지 않을 거라 믿었던, 그런 사람이 되고 만 거죠."

한숨을 내쉰다.

"지호의 삶이 숫자로 환산된 순간부터, 나는 그 아이 앞에서 한 번도 제대로 웃은 적이 없어요. 원망도 참 많이 했어요. 우리는 교육받았거든요. 지난 수십 년간, 무엇이 옳고 그른지, 좋고 나쁜지에 대해 철저히 학습했어요. 야단맞을 때마다 퍼부어지던 저주에는, 날카로운 칼날처럼 떨어지던 불호령에는, 어떠한 인간상이 있었어요. 이 사회에서 결코 지향해선 안 되는, 삶의 표본들이 담겨 있었죠."

귓가에 지난날의 메아리가 울린다. '너 그러다가는, 너 계속 그렇게 살다가는'으로 시작되는 무수한 협박들. 그 안에는 늘 흙먼지가 날리는 거친 삶이 있었다.

"지호의 삶은 그런 삶이었어요. 굳이 하지 않는 선택, 되려 말리는 결심, 아무도 권하지 않는 길. 컴퓨터가 최고의 기계인 줄로만 알고 자라난 우리들에게 그가 가는 길은 낯설고 생소했죠. 신기했지만 뒤따르고 싶지는 않았어요. 그의 삶은 모든 면에서 성공과 정 반대편에 있었으니까요."

고개를 젓는다.

"하지만 그건 사실이 아니었어요. 우리의 생각은 잘못되었죠. 우리가 듣고 자란 말은 집단이 만든 허구의 이상에 불과했어요. 처음부터 정답은 없었죠. 지호는 우리와 달리 어떠한 말들에도 구속되지 않았고, 좋아하고 잘하는 일을 미래로 택했어요. 자기가 제일 자신 있는 방향으로 걸어간 거죠. 그리고 그건 그에게 옳은 길이었어요."

지금에 와서야 지호가 얼마나 앞서나간 이였는지를, 얼마나 용감한 선구자였는지를 깨닫는다.

"하지만 내게는 그런 선구안이 없었죠. 시선에 휘말리고, 철학에 얽매이고, 막연한 겁박과 회유에 떠밀리며, 내내 앞

사람만 종종걸음으로 뒤쫓았어요. 어떻게든 이 무리에서 밀려나지 않으려고 애쓰면서요."

평범한 학교, 평범한 취직, 평범한 봉급. 나는 일탈한 적은 있어도, 이탈한 적은 없었다. 주어진 선로에서 제멋대로 뛰쳐나가거나 반항하지 않았고, 눈살을 찌푸리거나 고개를 갸우뚱하게 만드는 선택은 하지 않았다. 나는 그토록 철저한 평균이었다.

"그렇게 벗어나지 않으려고 갖은 애를 썼는데, 그랬는데. 나는 이제 평균의 삶조차 꿈꿀 수 없어요. 다만 살고자 했을 뿐인데. 배운 대로 살아가고자 했을 뿐인데. 단지 그랬을 뿐인데."

북받치는 감정을 억누른다. 그리고 묻는다.

"왜 난 가장 기본적인 것조차 누릴 수 없는 거죠?"

그가 조용히 한 손을 들어 거울을 짚는다. 초록 테이프로 뒤덮인 유리 너머로 작은 손그림자가 진다. 그가 천천히, 아주 천천히, 거울을 어루만진다.

다독인다. 나의 어깨를.

두 손으로 얼굴을 가린다.

손금 사이로 짙은 웅덩이가 피어난다. 깊게 파인 물줄기가 손목을 타고 흐른다.

마침내 발설한 나의 질문은 뜨겁고 축축하다. 넘치도록, 격렬하다.

너에게

게로

가는

중

"지호에게 가야겠어요."

커튼 뒤로 어슴푸레한 하늘이 보인다. 우리는 새벽의 한복판을 지나는 중이다.

거울 속 그와 그를 닮은 나. 우리는 서로를 곁에 둔 채 침대에 누워있다. 나는 여린 빛의 하늘처럼 침착하다. 내 내 들끓던 마그마가 더는 느껴지지 않는다.

베개에 비스듬히 얹은 손거울을 확인한다. 그는 천장을 보며 누워있다. 나는 몸을 웅크린 채 침대에 모로 누워서, 타인처럼 그의 옆얼굴을 물끄러미 바라본다. 정든 누군가를 바라보듯, 따스한 시선으로.

"좋아. 지호에게 가는 건 나도 찬성이야. 하지만 그 전에 할 일이 하나 있어."

그가 나를 향해 고개를 돌린다.

"청첩장. 이제는 꺼내 놓아야 해."

목까지 끌어올렸던 이불을 천천히 내린다. 두꺼운 천이 맞부딪치며 바스락거리는 소리를 낸다. 무엇 하나 덮이지 않은 맨발로 나무 바닥을 밟는다. 차고 단단한 나무 위를 몇 걸음 걷는다. 책장 앞에 선다. 자꾸만 산산이 흩어지는 시선들을 간신히 그러모아 눈앞의 책들을 마주한다. 손을 들어 책 가까이로 가져간다. 책 사이에 끼워 둔 작은 편지 봉투를 잡아당긴다. 두꺼운 책들 사이로 손톱을 밀어 넣어 간신히 끄집어낸다. 봉투 끝에 얇은 흔적을 새긴다. 각진 모서리에 반원의 무지개가 생긴다.

처음으로 봉투를 열어 본다. 과거에도 몇 번 열어젖혔지만, '정말로' 봉투를 여는 건 이번이 처음이다. 이름을 하나씩 읽어 내려간다. 신부 강지호, 신랑 백효진. 곁에는 신랑과 신부의 흑백 사진이 걸려 있다. 눈이 부시도록 새하얗게 웃음 짓고 있는 그들. 아름답다. 온전히 그들답다. 그래서 빛난다.

"너희는 정말 멋진 부부야."

정말 해 주고 싶던 말이다. 어제 꼭 했어야 하는 말이다.

그리고 이제 곧 건넬 말이기도 하다.

…

아침 해가 떠오르는 것을 보며 집을 나선다. 거울에 비친 또 다른 나와 규칙을 되짚는다.

"일단 거울을 발견하면 최대한 돌아서 가기, 만약 피할 수 없다면 최대한 조심하기. 그리고 움직이기 전에는 눈동자나 손가락으로 먼저 방향 알려주기."

우리는 거울에 바짝 붙어 머리를 맞댄 채로 조금 전 상의한 내용을 복기한다. 엘리베이터 모서리에 설치된 감시 카메라를 피하기 위한 최선의 자세다. 약속한 항목들을 되풀이하고서 각자의 박자대로 고개를 끄덕인다. 우리 사이에는 여전히 짧은 시차가 존재한다.

나는 서서히 고개를 끄덕이는 속도를 늦춘다. 그는 좀 더 속력을 낸다. 거울을 흘긋대며 서로와 조금씩 비슷해진다. 마침내 한 사람처럼 움직이는 방법을 터득한다.

"좀 더 연습이 필요할 거 같네요."

"고개는 웬만하면 끄덕이지 말자."

"대화도 그만해야 할 것 같아요."

"당연한 소리는 좀 하지 말고."

"혹시 몰라서 하는 말이에요."

땅. 엘리베이터가 도착했다는 알림음을 울린다. CCTV의 감시를 피해 한껏 벽 쪽으로 웅크렸던 몸을 비로소 곧게 편다. 서로를 한 번 흘금 쳐다본다. 눈으로 왼팔을 가리킨다. 왼쪽 먼저. 그다음에 오른쪽. 오른쪽 먼저? 아니 왼쪽! 아, 왼쪽. 왼쪽 먼저.

왼팔을 서서히 들어 올린다. 왼 다리도 슬슬 같이 올라올 것만 같다. 의식적으로 오른 다리를 든다. 동시에 오른팔을 뒤로 뺀다. 훈련이 잘된 군인처럼 힘차게 앞으로 걸어 나간다. 헛둘, 헛둘. 왼팔 다음에 오른팔. 오른 다리 다음에 왼 다리. 헛둘. 헛둘. 고작 세 걸음 남짓 걷는 동안 머릿속에는 오만 가지 생각이 몽실몽실 피어오른다. 아, 거울 보고 싶다. 내가 지금 맞게 하는지 보고 싶다. 아, 확인하고 싶다!

충동을 가까스로 억누르며 엘리베이터를 빠져나온다. 나오자마자 손거울을 꺼내 든다.

"잘했어요? 나 잘했어요?"

다급하게 묻는다.

"몰라. 내가 어떻게 알아. 나도 앞만 보고 걸었는데."

"어떡하죠? 다음에는 게걸음으로 갈까요? 슬슬 옆으로? 괜찮지 않아요?"

"쓸데없는 소리 말고 친구한테 전화나 걸도록 해."

"버스에 타서. 버스에 타서 할게요."

"그러다 영영 놓치는 수가 있어. 빨리 전화기 꺼내서 번호 눌러."

하, 참. 저런 단호한 인간을 봤나. 궁시렁대며 휴대폰을 꺼낸다. 시간은 오전 7시 12분. 결혼식이 끝나면 공항 근처 호텔에서 하루 자고, 오전 비행기로 출발한다고 했으니 지호는 지금쯤 일어나 있을 거다. 어떤 상황에서든 아침은 거르지 않는 친구니까, 호텔 조식을 먹기 위해서라도 일찍 일어나 있을 터였다.

'이른 시간에 전화해서 정말 미안해. 꼭 하고 싶은 말이 있어. 공항에서 잠깐 볼 수 있을까?'

몇 시간 동안 연습했던 문장. 어슴푸레했던 하늘이 환하게 밝아질 때까지 몇 번이고 반복하고, 또 반복했던 말.

다시 시계를 본다. 이런. 어느새 10분이 흘러 있다. 7시 22분. 버스는 아직 오지 않았다. 아침의 차가운 바람을 맞으며 발을 동동거린다. 다시 시간이 흐른다. 7시 35분. 버스가 거의 다 왔다는 신호가 전광판에 뜬다. 가방에 손을 밀어 넣는다. 휴대폰을 만지작거린다. 화면을 켠다. 번호를 누른다.

통화 버튼은 차마 누르지 못한다. 망설이는 사이 버스가 도착한다. 올라탄다. 흔들리는 버스를 온몸으로 느끼며 비틀비틀 걷는다. 그 사이 휴대폰은 꺼지고 만다. 자리에 털썩 주저앉는다. 버스는 얼마간 더 달린다. 7시 40분. 더는 지체할 수 없다.

수화음이 두 번도 채 울리기 전에 지호가 전화를 받는다.

"무슨 일이야, 이렇게 이른 시간에?"

자연스러운 목소리. 이토록 맑은 목소리를 들을 줄은 상상도 하지 못했다. 입만 뻐끔거린다. 한 마디도 나오질 않는다.

"몸은 좀 괜찮아?"

지호가 먼저 묻는다. 어.. 어. 어?

"어제 못 온다고 연락만 하고 더는 말이 없어서. 어디 아픈가 했지."

"아니야... 아니야, 그런 거."

등신아. 머리를 세게 친다. 이런 말이나 하려고 연락한 게 아니다.

"아프지 않았어. 전혀 아프지 않았어. 아니, 어쩌면 아팠는지도 모르겠다. 하지만 결혼식에 가지 않은 건 아팠기 때문이 아니야. 그건 어떠한 변명도 될 수 없어."

"뭐야. 무슨 소리야, 그게."

"지금 호텔이야?"

"어. 곧 조식 뷔페 열리니까 먹으러 가려고. 방에서 잠깐 기다리고 있어."

"공항에는 한두 시간 있다 갈 거지?"

"11시 40분 비행기니까 그래도 9시 좀 넘어서 가지 않을까? 어차피 가까우니까 호텔에 좀 더 있다가 갈 수도 있고."

"그럼 잠깐 볼 수 있을까?"

"어디서, 공항에서?"

"어."

"뭐?"

"지금 가는 중이야."

"공항으로 오는 중이라고?"

"어."

"어?"

"해야 할 말이 있어. 꼭 하고 싶은 말이 있어."

친구는 한동안 말이 없다. 말문이 막힌 듯하다.

"너... 너, 혹시..."

"응?"

잠시 망설이다 마침내 묻는다.

"너 혹시 나 좋아했냐?"

"뭐?"

깊은 정적. 갑자기 친구가 깔깔 웃기 시작한다. 온 세상이
떠나가라 웃는다.

아, 맞다. 얘 꽤 유쾌한 애였지.

"아니야, 그런 거. 좋아하긴 하지만, 그 정도로 좋아한 건 아니야."

"그럼 뭔데. 무슨 말을 할 건데 공항까지 와. 여행 다녀와서 할 수는 없는 거야?"

"다녀와서 할 수도 있겠지만, 그럼 인사치레로 끝나 버릴 거 같아서 그래."

친구가 다시 말이 없다. 고민하는 눈치다.

"글쎄. 우리야 시간이 좀 있으니까 와도 상관없긴 한데, 너 괜찮겠어?"

"괜찮아. 너만 괜찮다면."

잠깐의 침묵. 이어서 친구가 묻는다.

"아침은 먹었어?"

나는 망설이다 답한다.

"아직."

"그럼 카페에서 볼까?"

"그래. 먼저 도착하면 뭐라도 먹고 있을게."

"나도 아침 먹고 대충 정리하고 나갈게."

전화가 끊긴다. 작은 스피커를 타고 강렬한 종료음이 밀려든다. 뚜우. 뚜우. 뚜우. 규칙적으로 울려대는 소리가 마치 심장박동 같다. 거칠게 뛰는 나의 심장 소리 같다.

'잘한 거겠죠, 나?'

손거울을 빼 들고 싶은 충동을 억누른다. 불 꺼진 휴대폰 화면을 흘깃거린다. 당장이라도 화면에 얼굴을 들이밀고 싶지만, 그럴 수가 없다. 그에게는 휴대폰이 없다. 그는 어떠한 전자기기도 소지하고 있지 않다. 그래서 휴대폰에는 내가 없다. 코앞까지 가져다 대도 온통 검은 화면뿐이다.

창밖으로 시선을 돌린다. 분주하게 내달리는 차들이 매캐한 공기를 흩뿌리고 사라진다. 갖가지 매연으로 얼룩진 공기를 한껏 들이마신다. 매연으로 뒤덮인 공기로 심신을 정화한다. 내 안에 머금은 공기가 매연보다 더 탁한 탓이다. 바람이 쏜살같이 폐를 훑고 지나가며 묵은 먼지들을 털어낸다. 정신이 한층 또렷해진다.

나는 지금 너에게 가는 중이다.

소중한 너에게로 가는 중이다.

표적이
된
눈   과
기   나   긴
고   백

"축하해, 진심으로. 그리고 미안해."

나는 공항의 웅장한 잡음 한복판에서 지호를 마주한다. 찻잔을 앞에 두고 앉은 우리의 곁으로 수십 명의 사람들이 스쳐 지나간다. 그들은 하나같이 우리에게 관심이 없다. 모두 각자의 항로를 찾아 걸음을 재촉할 뿐이다.

"결혼식 얘기라면, 됐어. 괜찮아. 그럴 수도 있지."

"난 네가 미웠어."

지호가 고개를 들어 나를 본다. 갑작스러운 진심 앞에 당황스러운 얼굴이다. 얼떨떨한 손짓으로 머그잔을 쥐려다가 깜짝 놀라 손을 털어낸다. 앗 뜨거워. 중얼거린다.

"너와 나의 숫자가 달라질수록, 우리 사이의 격차가 벌어질수록, 넌 내게 또 하나의 벽과 같았어. 부딪치면 부딪칠수록 나만 깨어지는 단단하고 차가운 돌벽. 난 네게 다가갈수록 부서지는 느낌이었어."

"알아."

"알아?"

"사람도 동물이야. 동물적 감각은 표적이 된다는 사실을 귀신같이 알아차리게 해. 넌 언제부터인가 사냥감을 보는 눈으로 나를 훑기 시작했어. 난 그때마다 너를 잃고 있다고 느꼈지. 네가 서서히 산화되어 가는 걸 볼 때마다 숨이 멎는 기분이었어. 적어도 네게서 그런 눈빛을 볼 거라고는 생각하지 못했거든."

지호는 다음 말을 정리하는 듯, 손가락을 꼼지락거린다.

"처음 이 일을 시작했을 때. 그러니까 대학 때 말이야. 내가 알던 모든 이들이 내게 한 마디씩 건넸어. 부모님만은 한없이 지지해줬지만, 그뿐이었어. 대학생에서 타일공이 된 후부터 난 한 번도 경험해 본 적 없는 어떤 존재가 되었어. 단지 어떤 직업을 택했다는 이유 하나만으로 세상은 하루아침에 냉담해졌지. 삶도 전에 없이 혼란스러워졌어. 난 대학교와 작업 현장이라는, 두 개의 전혀 다른 세계를 널뛰며 살고 있었으니까.

하지만 무엇보다 괴로웠던 건, 내가 철저한 이방인으로 전락했다는 사실이야. 난 어디에도 속하지 못했어. 딴내 나는 거무스레한 작업자들 사이에선 뽀얀 피부를 가진 새내기였고, 멀끔한 이십 대들 사이에선 먼지를 폴폴 풍기는 이

상한 족속이었지. 둘 중 나를 더 괴롭게 만들었던 건 너희들이야. 나를 보던 너희들의 눈, 난 그걸 평생 잊지 못해."

"눈?"

"응. 꼼꼼하게 훑어 내려보던 너희들의 눈."

지호는 두 손으로 차가 담긴 도자기를 움켜쥔다.

"작업을 보조하다 강의에 늦은 날이었어. 보통 작업을 하면 무조건 환복을 하고 학교에 갔는데, 그날은 급한 마음에 옷을 갈아입는 것마저 잊어버렸나 봐. 머리부터 발끝까지 온통 흙먼지와 땀으로 범벅이 된 상태로 헐레벌떡 강의실에 뛰어 들어갔고, 그곳에 앉아 있던 사람들의 시선이 한순간에 내게로 몰려들었어.

그 안에는 너희들도 있었지. 그때 나를 보던 너희들의 눈을, 난 아직도 잊지 못해. 머리부터 발끝까지 꼼꼼하게 훑어 내려가던 너희의 눈. 차라리 크게 놀라거나 조롱이라도 했다면 그토록 사무치진 않았을 거야. 하지만 너희는 그저 아무 말 없이 나를 찬찬히 뜯어보기만 했어. 외계에서 온 낯선 생명체를 대하듯, 골똘히 관찰할 뿐이었지."

그가 컵을 두드리기 시작한다. 손가락이 조금씩 빨라진다. 청아한 리듬이 신경질적으로 반복된다.

"그리고 난 보았어. 찰나의 순간에 시시각각으로 변하던 눈빛을. 너희들의 눈에 드리워지던 짙은 장막을. 그건 사냥감을 포착한 포식자의 눈이었어. 서서히 스며들던 경멸의 시선. 난 너희들이 쳐 놓은 그물에 포박된 느낌이었어. 온몸이 굳어 꼼짝도 할 수 없었지. 한순간에 발가벗겨진 기분이었어."

나는 과거를 되짚는다. 아무리 생각해도 기억이 나질 않는다. 그런 일이 있었던가?

"그때 만약 네가 나를 부르지 않았더라면, 나는 영영 그곳으로 되돌아가지 못했을지도 몰라."

"내가?"

"응. 넌 옆자리에 놓아둔 가방을 치우며 내 손목을 끌어당겼어. 다른 아이들이 서늘한 눈으로 관전하는 동안, 넌 내 이름을 불렀지. 내 이름을 말이야."

여전히 머릿속은 새하얀 공백이다. 그날의 어떠한 순간

도 기억나질 않는다.

"유현이 넌 그 뒤로도 날 몇 번이나 붙들었어. 강의실에 가끔 늦거나 일정을 놓칠 때마다, 너희들 틈에서 정신을 못 차리고 잠에 빠져들 때마다, 매번 나를 대신해 그곳을 채워 주었지. 강의실 옆자리를 맡아 놓거나 노트를 빌려주었고, 아이들에게 내가 얼마나 바쁘게 사는 사람인지를 대변해 주기도 했어. 네가 없었더라면 난 영원히 대학을 숙제처럼 끌어안고 살았을지도 몰라. 유현아, 넌 어떻게 기억하고 있을지 모르겠지만, 내 대학 시절의 절반은 너였어."

컵을 두드리던 그의 손가락이 멈춘다. 불규칙한 박자가 일순간에 멎는다.

"그래서 난 막연하게 기대했는지도 몰라. 너는 평생 변하지 않을 거라고. 적어도 너만큼은 누군가를 겨냥하지 않을 거라고."

"하지만 난 변했어."

"맞아. 넌 변했지."

지호는 머뭇거리다 덧붙인다.

"우리는 모두 변했어."

컵을 입가로 가져가 한 모금을 들이킨다. 액체를 힘겹게 목뒤로 넘긴다.

"우리가 전과 다른 눈으로 서로를 볼 수 있을까? 난 결국 널 잃게 되겠지?"

지호가 묻는다. 나는 지체하지 않고 답한다.

"그렇게 될지도 몰라. 하지만 오늘은 아니야. 적어도 당분간은 아니야."

"그 당분간이 지나고 나면?"

더 이상 쉽게 답하지 못한다. 지호와 나를 가르는 숫자의 계곡은 하루아침에 메꾸어질 지질학적 현상이 아니다. 나는 지호가 되길 꿈꾸지만, 적어도 당분간 내게는 그럴 기회가 주어지지 않을 듯하다. 닿을 수 없는 선망은 종종 많은 것의 씨앗이 된다.

"언젠가 이 미움이 지워지는 날이 올까? 어떠한 색안경도 없이 너를 볼 수 있는 날이 올까?"

내가 묻는다. 질문을 듣는 지호의 얼굴이 혼란하다. 그도

내 질문에 쉽게 답할 수 없는 듯하다.

문득 비행시간을 알리는 방송이 공항 전역에 울려 퍼진다. 대만과 태국, 하와이와 홍콩으로 떠나는 비행편들이 쉴새 없이 나열된다. 그 안에 지호가 탈 비행기는 없다. 하지만 낭랑하게 흘러드는 방송은 내게 무언가를 일깨운다. 나는 지호를 본다. 지호는 나를 본다. 우리는 같은 생각을 하고 있다. 우리는 고작 신세 한탄이나 하려고 이곳에 모인 것이 아니다.

"시간은 모든 걸 뒤틀리게 했어. 앞으로도 쭉 그럴 테지. 우리는 숫자로 다져진 대지에 살고 있어. 숫자로 두꺼운 벽을 만들고, 각자의 집을 숫자로 도배해. 이 땅에 숫자가 존재하는 한, 우리는 매번 힘겨운 싸움을 해야 할 거야. 숫자는 이제 우리의 이름까지 점령해 버렸으니까."

내 말에 지호의 눈이 서글프게 동그래진다. 금방이라도 한없이 눈물을 쏟을 것만 같다. 나는 쉬지 않고 말을 이어간다.

"하지만 지호야, 난 휘말리고 싶지 않아. 그래서 널 찾아온 거야. 사실 나 어제 정말 많이 울었어. 심장이 덜컹거릴 때까지 눈물을 쏟고 나서야 비로소 내가 무엇에 슬퍼하고 있는지를 알 수 있었어. 지호야, 나는 가여워서 울었던 거야. 우리가 너무 가여워서. 지난 몇십 년 동안 식수대도 없는 마라톤을 한시도 쉬지 않고 달렸으면서, 여태 어떠한 메달도 하나 거머쥐지 못했으면서. 우리는 여전히 달리고 있어. 아직도, 꾸준히, 눈물겹도록 성실하게. 여명 한 점 없는 깜깜한 길 위에 스밀, 찰나의 빛에 목을 매며, 오늘도, 내일도 질주하겠지. 도무지 끝나지 않는 레이스를 매일같이 저주하면서.

이런 세대를 살아가는 우리가, 그리고 내가, 나는 너무 딱해. 딱해 죽겠어. 생각만 해도 눈물이 차오를 만큼. 그래서 울었어. 차가운 타일 바닥에 주저앉아 목을 놓아 통곡해 버렸어. 그렇게 펑펑 울고 나니 알겠더라."

나는 차가 담긴 컵을 옆으로 밀어버린다. 지호의 컵도 치워 버린다.

"지호야, 난 너를 미워하지 않아. 네가 가진 숫자도 시샘하지 않아. 난 단지 분개했을 뿐이야. 아주 기본적이고 사소한 것마저 소유할 수 없는, 지독하리만치 황량한 현실에 끝없는 증오를 느꼈던 거야. 너는 때마침 재수 없게 그 길목에 서 있었던 거고. 나의 분노는 네가 아니라도 누군가를 향

했을 거야. 들끓는 이 마그마가 언젠가 한 번은 터져 나왔을 테니까.

하지만 이건 잘못되었어. 어떠한 적개심도 사사로운 복수가 되어선 안 돼. 이건 번쩍하고 사라지는 한여름 밤의 불꽃놀이가 아니야. 어두운 시간을 수놓는 그저 그런 볼거리가 아니라고. 너와 내가 한가로이 언쟁을 벌인다고 해결될 문제도 아니야. 이건 그보다 더 거대한 무언가야."

탁자 위에 양손을 얹는다.

"숫자를 알기 전으로 되돌아갈 수는 없어. 하지만 매 순간 숫자를 들먹일 필요도 없지. 우리는 너무 많은 것들에 등급을 매겼어. 필요하지 않은 것들에까지 말이야. 사방에 붙어 있는 쓸데없는 라벨들에 우리는 자주 손이 베여. 종이에 손이 베이는 것만큼 짜증스러운 일도 없는데, 우리는 그걸 매일 겪고 있는 거야. 너도, 나도.

지호야, 그래서 나 이제 그만하려고. 언제까지고 이렇게 움츠리고 있을 수는 없어. 그깟 종이들, 라벨들이 두렵다면 떼어내면 돼. 내가 그렇게 하기로 마음만 먹는다면, 그리고 네가 동참해 준다면. 우리는 적어도 서로에게만큼은 종이에 손 베일 걱정 따위는 하지 않아도 될 거야."

두 손을 탁자 한가운데로 떠민다. 손바닥을 활짝 펼쳐 보인다.

"그러니 미안해. 모든 것들에 대해서. 그리고 노력하고 싶어. 분명 하루아침에 뒤바뀌진 않을 거야. 몇 달, 혹은 몇 년이 필요할지도 몰라. 그래도 해야 해. 아무도 우리를 대신해서 고민해 주지 않으니까. 나서주지 않을 테니까. 우리는 적어도 우리가 있는 자리에서, 우리가 할 수 있는 것들을 해야 해."

지호는 내 두 손을 본다. 한동안 물끄러미 내려다본다. 한참을 망설인다.

"나는 네 사과를 받을 수 없어. 이렇게 쉽게 받아들여선 안 돼. 그러기엔 네게 말하지 않은 것들이 너무도 많아."

그가 조용히 말을 잇는다.

"대학교 강의실에서 나를 표적처럼 응시하던 너희들. 알 수 없는 열패감에 몸서리쳤던 그날. 그날은 자꾸만 내 지갑을 열게 했어. 지갑을 열 때마다 난 묘한 승리감에 휩싸였지. 난 으스대고 있었던 거야. 그날의 너희들에게. 하지만 단발적인 도취감은 아무것도 해결해주지 못했어. 내 안에는 이름 없는 분노만 차곡차곡 쌓여 갔지. 나는 계속 화를 내면서도 무엇에 화를 내는지 알지 못했어.

그리다 어느 날 네 눈을 보게 된 거야. 식당의 어두운 조명 아래에서 넌 내 가방에 대해 처음으로 물었어. 너희를 만나기 전에 매번 가방을 새로 사는 거냐고. 어쩜 그렇게 가방에 흠집 하나 없을 수 있냐고 물었지. 난 같은 가방이라고 답했어. 늘 같은 가방이었다고. 일을 하다 보니 가방들 일이 별로 없어서 새것 같아 보이나 보라고 말했지. 그때 너는 어떤 눈으로 나를 보았어. 강의실에서 나를 바라보던 수십 개의 눈. 그보다 더 잔혹한 시선이었지. 측은하고 안쓰러운 위로. 생각지도 못한 반응이었어. 난 그날 알았어. 내가 택한 길이 진정 무엇이었는지를.

어쩌면 그런 순간들이 날 이끌었는지도 몰라. 내가 숫자로 된 벽을 악착같이 쌓아 올린 건 아마 그런 시선들 때문이었을 거야. 세월이 덧붙을수록 내 안에선 무언가 조금씩 뒤틀려 갔어. 하지만 난 그럴수록 견고하고 강박적으로 숫자를 그러쥐었지. 숫자는, 적어도 숫자는 날 배신하지 않을 테니까. 측은한 눈으로 날 보지 못할 테니까."

지호는 급작스레 말을 멈춘다. 금방이라도 무슨 말을 할 것처럼 입술을 달싹인다. 입 안에 단어를 한가득 머금고서, 한참을 우물거리다 천천히 고개를 젓는다.

"미안해. 지금 내가 할 수 있는 말은 이게 전부야. 생각이 자꾸만 엉켜버려서 어떠한 말도 쉽게 나오질 않아. 내겐 아마도 시간이 더 필요할 것 같아."

나는 천천히 머리를 끄덕인다. 우리의 모든 순간에는 시차가 존재한다. 시차는 어디에나 있고, 누구에게나 있다. 지호와 나 사이에도, 나와 나 사이에도. 우리는 매번 다른 시간 속에서, 다른 순번으로, 다른 성찰을 한다. 누가 앞서고 뒤서는 건 없다. 저마다의 순서와 방식이 다른 것뿐. 시차는 틈을 만든다. 우리 사이에서도, 내 안에서조차도. 공백은 어쩔 수 없는 필연이다.

"하지만 고마워. 이것만큼은 진심이야. 나도 노력할게. 어떠한 형태로든. 쓸데없는 등급과 이름표들, 나도 이제 지긋지긋하거든. 네 말이 맞아. 우리는 우리가 있는 자리에서 우리가 할 수 있는 것들을 해야 해."

지호가 내 손 위에 자신의 두 손을 얹는다. 나와 고요히 눈을 맞춘다. 우리에게는 여전히 시차가 있다. 지호는 내가 보지 못하는 것을 보며, 나는 지호가 보지 못하는 것을 본다. 하지만 더 이상 서로의 사각지대를 문제 삼지 않기로 한다. 시차를 메우는 건 서로를 수긍하는 마음이다. 멋대로 허물지 않고, 성급하게 재촉하지 않으며, 섣불리 흥보지 않는 마음. 각자의 시간대가 있음을 알고, 존중하는 마음. 나의 시계로 타인의 시계를 평가하지 않으려는, 그런 마음.

우리는 서로의 손바닥을 포갠 채로 얼마간 더 앉아 있는다. 공항의 사소한 잡음이 잦아든다. 침묵이 찾아든다. 그 안에는 오직 서로만이 존재한다. 언어 없는 대화를 주고받는다. 무수한 말들이 교차한다. 무형의 표현들에 둘러싸여, 우리는 그렇게 앉아 있다. 서로를 보듬으며, 한없이 끌어안으며. 수긍하고, 또 수긍한다.

···

어제부로 지호의 남편이 된 사람이 캐리어가 실린 카트를 끌고 다가온다. 우리는 누가 먼저랄 것도 없이 자리에서 일어난다.

"잘 다녀와. 다치지 말고, 아프지 말고."

"너도. 아무 일 없이 건강해야 해. 여행 갔다 온 후에 또 보자. 연락할게."

"그래."

우리는 가볍게 눈인사를 나눈다. 이제 막 신혼을 시작한 젊은 부부는 출국장을 향해 미끄러지듯 걸어 들어간다.

나는 광활한 공항 한복판에 홀로 남겨졌다. 아니, 완벽히 혼자는 아니다. 아직 거울 속의 그가 살아있으니. 나는 하나면서 동시에 둘인 셈이다. 그러나 하나는 영원한 둘이 될 수 없다. 그와 나는 양립할 수 없다. 결국엔 하나로 되돌아가야 한다. 나와 나 사이에는 시차가 존재해선 안 된다. 어긋난 거울에서 발생한 시차는 기형의 마음이 만든 일시적인 현상일 뿐이다.

이제 그를 마주해야 한다. 마침내 직면해야 한다. 우리 중 하나만이 진정으로 살아남을 수 있을 것이다. 바라건대 마지막 생존자는 나였으면 한다. 결국 나였으면 한다.

마 지 막

생 존 자

공항 벽에 걸린 거울 앞에 선다. 온몸을 다 담고도 남을 만한 거대한 전신 거울이다. 그와 약속했던 그곳이다. 내 앞에는 그가 있다. 우리는 서로를 마주 보며 서 있다. 눈썹 하나 움직이지 않는 정지된 얼굴로, 고요히 지켜본다. 지켜 볼 뿐이다. 둘 중 누구 하나 쉽사리 엄두를 내지 못한다. 우 리는 놀라울 정도로 표독스럽지 못하다.

그가 먼저 입을 연다.

"잘 마무리했어?"

"잘 마무리했어요. 지호도 잘 배웅해 줬고요."

"되찾을 수 있었어?"

"무엇을요?"

"너 자신을. 잃고 있었잖아. 오랫동안, 꾸준히, 조금씩."

"전부를 되찾을 수는 없었어요. 아마 평생 그럴 수는 없 을 거예요. 하지만 잃는 속도를 늦출 수는 있겠죠. 이렇게 계속해 보려고요. 힘들더라도 그만두고 싶지 않아요."

"좋은 생각이네."

자, 그럼. 그가 목을 가다듬는다. 나는 침만 꼴깍 삼킨다.

"이제 어떻게 할 셈이야? 난 뭐든 좋아. 네가 와도 좋고. 내가 가도 좋고. 뭐가 되었든 이 상황을 종결하는 거라면 다 괜찮아. 지긋지긋한 시차, 빨리 없애버리자고."

그의 갑작스러운 제안에 나는 할 말을 잃는다. 그는 나의 머뭇거림을 금세 알아차린다. 딱딱하게 경직된 근육들, 은근하게 날이 선 솜털들, 마지막 생존자가 되기 위해 결투를 불사하려던 각오까지, 전부 정면으로 들키고 만다.

"세상에나. 어쩌면 좋니. 우린 아주 오랜 시간 재활이 필요할 거 같다."

그가 고개를 설레설레 저으며 중얼거린다. 얼굴이 화끈거린다. 부끄럽다. 나를 앞에 두고 창피함을 느끼는 것만큼 수치스러운 일도 없다.

"아직도 진짜 거울이 누구인지를 찾고 있으면 어떡해. 여태껏 그렇게 힘들여 와 놓고서. 잘 들어. 나는 너고. 너는 나야. 우리 사이에는 경쟁도, 생존도 필요치 않아. 진짜 거울을 찾는 건 쓸모없는 짓이야. 우리는 서로가 필요해. 절실하게 필요하다고. 둘 중 하나가 사라지면 우리는 하나조차 될 수 없어. 거울에 상이 맺히지 않는 건 귀신뿐이 없다고."

"알았어요. 알았다고요. 습관이에요. 빌어먹을 습관. 언젠간 고쳐지겠죠. 천천히 반복해서 연습하다 보면."

"그래. 그러겠지. 그럼 비긴 거로 해. 어제는 내가 널 죽이려고 들었으니."

"미안해요."

"나도 미안해."

서로를 보며 빙긋 웃는다. 그가 거울 위로 손을 얹는다. 나도 그를 따른다. 우리 사이에는 여전히 약간의 시차가 있다. 곧 그와 나의 손이 마주 보며 포개어진다.

눈을 감고, 뜬다. 눈앞에 또 다른 내가 서 있다. 그를 향해 가벼운 고갯짓을 한다. 거울 건너에 있는 나도 미약한 턱인사를 건넨다. 그에게 어색한 미소를 지어 보인다. 그는 나만큼이나 일그러지게 웃는다. 우리 사이에는 더 이상 어떠한 시차도 존재하지 않는다. 처음부터 그랬던 것처럼. 완벽한 하나가 되어 서로를 향해 움직인다.

'축하해. 원래대로 되돌아왔네. 그래도 가끔은 견제할 거야. 필요하다면 또다시 분리될 수도 있겠지. 그렇게 해서

더 나아질 수만 있다면, 얼마든지.'

이건 누구의 말일까. 그일까, 나일까. 아니, 아니다. 우린 처음부터 하나였지. 이건 누구의 말도 아닌, 내가 나에게 하는 경고다. 나를 일깨우는 내 안의 메아리다.

공항 출구를 향해 터벅터벅 걷는다. 사람의 물결 속에서 마지막 생존자에 대해 생각한다. 그게 얼마나 터무니없는 각오였는지를 지각한다. 껄껄 웃는다. 나를 밟고 일어나 내가 되려고 하다니. 그 얼마나 허무맹랑한 말인지. 나를 밟고 일어서면 밟는 이도, 밟히는 이도 결국 나일 뿐인데. 그 얼마나 바보 같은 다짐이었는지.

버스에 오른다. 창밖으로 정오의 해가 높게 떠 있다. 따사로운 공기에 몸을 맡긴다. 해방감이 밀려든다. 이제 알 것 같다. 나는 나일 뿐이다. 나로서 존재하는 나일 뿐이다. 어떤 지칭이 아닌, 그저 나일 뿐이다. 그렇게 나는 나를, 한 줌 더 되찾는다.

후　일　담

세상과 화해해야겠다고 생각했습니다. 세상도 세상과 화해하면 좋겠다고 생각했습니다. 비교와 차별이 당연시되고, 사건 사고와 적개심이 난무하며, 증오와 분노가 만연한 현재, 사랑과 용서, 평화와 같은 도덕적인 말들은 위력을 잃은 지 오래입니다. 이론적으로는 무엇이 옳은지 모두가 알고 있으나, 슬프게도 옳다는 건 더 이상 아무런 설득력을 갖지 못합니다. 도색이 벗겨져 방치된 길가의 안전 표지판처럼, 모두가 존재한다는 사실을 알고는 있지만, 존재를 인지하는 게 전부인, 흉물스러운 지형지물로 전락해 버렸죠.

오만하고 거북한 위선. 언제부터인가 우리는 사랑과 용서를 변질된 말로 부르고 있는 듯합니다. 무언가를 품어내겠다는 자비로움은 현명함보다는 아둔함에 가까워져 버렸고, 온전히 떠안겠다는 결심은 선함보다는 이상함으로 해석되기 일쑤죠. 이런 못난 감정은 어쩌면 타성에 젖은 일상에서 기인한 것일지도 모르겠습니다. 우리는 이미 매일 같이 번다한 압력과 독촉, 권위와 강압에 못 이겨 우리를 내어주고 있으니까요. 애쓰지 않아도 하루가 다르게 마모되는 중인데, 굳이 나서서 희생한다는 사람이 어디 있겠습니까. 만약 그런 사람이 있다면, 그건 날개를 잃은 천사거나 모종의 계략으로 본분을 잊은 악마일 것입니다. 일단 이 땅에는 존재하지 않는다는 얘기죠.

그래서 화해가 적절하겠다고 생각했습니다. 화해는 사랑보다 현실적이고, 용서보다 실용적입니다. 화해는 거창하지도, 선하지도, 대단치도 않기 때문에, 모든 것이 뒤틀린 지금 같은 시대에 적합한 해결책이라 여겨졌죠. 언젠가 화해를 했던 경험을 떠올려 보세요. 누군가와 화해했다고 해서 상대를 온전히 수용한 사람은 거의 없을 것입니다. 영구적인 해결책이라기보다는 임시방편인 타협에 가까운 화해는, 그렇게 얄팍하고도 인간적입니다. 숭고한 희생도, 자애로움도 아닌, '아주 약간 이해해 보겠다는 다짐'일 뿐이죠. 이해하려는 노력이나 이해했다는 확신이 아닌, '한 번 이해해 보려는 시도'. 지금으로서는 그 정도가 딱 적당하다고 생각했습니다. 바쁘고 각박한 세상에서 서로에게 그 이상을 요구하는 건 무례일지도 모르니까요.

…

화해를 위해서는 우선 주인공인 '나'를 둘로 갈라야 했습니다. 만화영화에서 발끝에 붙은 그림자를 오려내는 것처럼, 나에게서 나를 떼어내 서로에게 서로를 이해시키는 작업을 감행해야 했죠. 방을 정리하기 위해서는 먼저 어떤 물건을 소유하고 있는지를 파악해야 하는 것처럼, 화해의 테이블로 나서기 위해서는 일단 나의 감정을 바로 알고 정돈할 필요가 있으니까요. 추하고 치졸하더라도 민낯을 보여야만, 비로소 화해에 한 걸음 다가설 수 있는 법입니다.

마스크 아래 숨겨져 있던 민낯은 한여름 뙤약볕에 눌어붙은 타르처럼, 찐득하고 불쾌했습니다. 글로 풀어내기 역겨울 만큼 더럽고 치사하고 이기적이었죠. 하지만 거머리같이 엉겨 붙은 감정들을 한 가닥씩 떼어내다 보니 모든 게 깔끔해지더군요. 모든 문제는 결국 숫자로 귀결되었습니다. 우리는 과열된 숫자들에 은은하게 화상을 입고 있던 것이었죠. 기호에 불과했던 숫자는 어느 순간부터 우리 안으로 점점 더 깊이 파고들었고, 불같이 뜨거워진 숫자의 열기는 우리를 속수무책으로 타오르게 했습니다. 열기는 광기가 되었고, 광기는 불안을 필두로 한 지하의 감정들을 해방시켰죠. 숫자는 종교를 대신했고, 권력을 대체했습니다. 숫자는 우리를 갈라 세웠고, 숫자로 빚어낸 가장 창조적인 발명품인 화폐는 많은 것들의 원인이 되었죠. 물론, 숫자가

아니었더라도 이 광기는 어떻게든 촉발되었겠지만, 작금의
광기에 숫자가 큰 공헌을 했다는 사실에는 누구도 이견이
없을 것입니다.

그런데 과열된 숫자 경쟁에 대한 해법으로 고작 '화해'라.
사랑과 용서와 같은 이상적인 궤변들과 화해가 다를 것이
무엇이냐, 질문할 수도 있겠습니다. 하지만 화해는 생각보
다 질기고 힘이 셉니다. 화해는 '누군가와 연결되어 있다는
감각'을 잃지 않도록 도와 주거든요. 영구적이지 않은 약속
이므로 번복도 가능하며, '아주 약간 이해해 보려는 다짐'이
기 때문에 여타 해법들보다 가성비와 가심비도 좋습니다.
(요즘 시대에 가성비와 가심비가 얼마나 중요한지는 굳이
말하지 않아도 아실 겁니다.)

타인과 연결된 감각을 유지할 토대를 마련해 준다는 건
생각보다 중요한 일입니다. 관대와 궁핍을 좌우하는 건, 우
습게도 아주 약간의 친절과 잠깐의 관용입니다. 마음은 생
각보다 간사해서 눈에 보이지 않는 미세한 요소들로도 금
방 부풀어 오르고 가라앉죠. 여유와 괴팍함은 생각보다 그
리 멀리 떨어져 있지 않습니다. 하지만 매 순간 소용돌이치
는 감정들을 문제없이 제어할 수 있는 이유는 누군가와 연

결되어 있다는 감각 덕분입니다. 사회의 일원으로서 존재한다는 믿음, 용납될 수 있다는 가능성, 실외가 아닌 실내에 살고 있다는 확신은 성질머리를 잠재우고, 성마른 선택을 하지 못하게 막죠. 화해를 통해 약간이라도 수긍해 보려는 시도는 그래서 중요합니다. 누군가에게 받아들여졌다는 감각은 더 큰 가능성의 씨앗이 되어 주거든요. 서로를 추방하지 않겠다는 의지, 일단은 공존해 보겠다는 결단. 별거 아닌 결심들은 의외로 세상을 지탱합니다. 어차피 모든 새싹은 허술하고 엉성한 법이니까요.

매일이 온화하지는 못할지라도, 온건함을 잊지 않는 세상. 스스럼없이 반 발자국씩만 물러나 줄 수 있는 세상. 내가 사는 세상은 적어도 그런 방향을 목표로 하며 나아갔으면 좋겠습니다.

남 겨 진

편   지

어느 날 아침,

거울이 당신에게 말을 건다면

거울 속 또 다른 나는

나에게

어떤 말을 하게 될까요?

만약

어느 날 거울이

당신에게 말을 걸어 온다면,

한 번쯤은 거울 속 나에게

마음을 내맡겨 보는 건 어떨까요

오늘만큼은

진짜 내 마음을 말해 보는 거예요

한 줌의 여한도 남지 않을 때까지